シブヤから遠く離れて

作　岩松　了

目次

登場人物

ナオヤ	二宮　和也
マリー	小泉　今日子
アオヤギ	杉本　哲太
トシミ	蒼井　優
ケンイチ	勝地　涼
黒い服A	飯田　邦博
黒い服B	塚本　幸男
黒い服C	堀　文明
アオヤギの父	清水　幹生
フクダ	立石　涼子
フナキ	勝村　政信

1

渋谷南平台あたりの住宅地だと思われる。

その邸宅は、いかなる理由か、今、半ば廃墟と化している。中庭を建物が囲む造り。門のようになった外からの入口と、もうひとつ、こちらも外に抜けられるのだろう入口らしきものがあり、そこにはすすきが繁っている。

一階と二階を外階段が結ぶ。一階に、のちにマリーの部屋と呼ぶ部屋があり、二階にケンイチの部屋がある。いずれも中は見えない。

このドラマは、この邸宅に思いを残す青年と、この建物さながら触まれゆくわが身をもてあます女の、現前化しない愛の物語である。


夜の闇が邸宅をつつむ。多少の明るさは街灯によるものだろう。

ひとりの青年（ナオヤ）が、その闇の中に立つ。バッグをさげているところを見ると、ここを訪ねてきたと思える。呆然と、或いは信じ難いもののように、あたりを見まわす。やがて、すすきの方を見て、そこに人の気配を感じたらしく、そちらへ行き、建物の外をまわり、別の入口から、再び姿をあらわす。と、中庭にのぞむ小廊下の椅子にじっとすわっている人影に気づく。

ナオヤ——ケンイチくん……？
人影（ケンイチ）—おう。

ナオヤ――（驚きのあまり）……。
ケンイチ――来てくれたんだな。
ナオヤ――（すすきの方を見て）今、あそこにおばあさんが……。
ケンイチ――おばあさん？
ナオヤ――うん、だから、こう、まわって……。でも――。（と邸宅の様子全体をみて）
ケンイチ――引っ越したんだ。連絡もしないで引っ越したから、だから待ってた……。
ナオヤ――引っ越した……。
ケンイチ――うん。ちょっと事情があってな……。（ナオヤがあたりを見ているので）オレもそう、思わず見まわしちゃったよ。だって、これだぜ（と中庭の雑草を）何もここまで伸びることたねえだろ、こいつらもさあ。おめえなんか関係ねえよって言われてる感じ、しねえ？
ナオヤ――（懐かしい口調に思わず微笑む）……。
ケンイチ――いろいろ考えてたんだよ、ナオヤ、おまえが来たら、ここの草むしりとか一緒にやるのも悪くねえな、とかさ。
ナオヤ――（嬉しくて）ああ。
ケンイチ――もしオレが日記とかつけるいい子だったら、今年の誕生日には友だちのナオヤと中庭の草むしりをしました、とか書くわけさ。ハハハ。
ナオヤ――誕生日？　きょうが？　ケンイチくんの？
ケンイチ――何言ってんだよ。だから来てくれたんだろ？

ナオヤ――いや……。（知らなかった）
ケンイチ――このヤロ。
　　じゃれるようにナオヤの頭どついたりして
ケンイチ――じゃあ、プレゼントもなしか、え？　誕生日のプレゼントも！
ナオヤ――痛《いた》・痛《いた》・痛《いた》……。
ケンイチ――放してくれって言わなきゃ、放さねえぞ。
ナオヤ――放してくれよ。
ケンイチ――ホラ、放した。
ナオヤ――乱暴だな、相変わらず。
ケンイチ――こんな男に誰がした！
ナオヤ――誰もしてねえよ、まったく……。
ケンイチ――フーッ、疲れた。
　　急激にしずまるケンイチ
ナオヤ――大丈夫？
ケンイチ――何が？
ナオヤ――オレ、爪がのびてるから。
ケンイチ――何、ひっかいたって言うの？（と自分の手などを点検）
ナオヤ――わかんないけど。

ケンイチ――わかんないけど。何それ。
ナオヤ――……。
ケンイチ――何なの！　それは！　わかんねんだったら言うなよ。
ナオヤ――……。
ケンイチ――怒ってんじゃねえよ。
ナオヤ――うん。（わかってる）
ケンイチ――……。
ナオヤ――オレ、なんか買ってくるよ。
ケンイチ――え？
ナオヤ――誕生日の……プレゼント。

しかし、ケンイチの無反応に、ナオヤも出て行けず

ナオヤ――引っ越したって……どこに？
ケンイチ――遠く。
ナオヤ――遠く……。
ケンイチ――知らねえ？　山梨県とおく市。
ナオヤ――山梨……あ、なんだ、オレはまた。
ケンイチ――正しいよ、おまえの誤解の方が正しい。遠いところ。四国だよ、おやじの実家があっちにあるからさ。

ナオヤ――……。
ケンイチ――そんな目で見るなよ。ちょっと冗談言っただけじゃねえか。
ナオヤ――いや、オレはさ……。
ケンイチ――……。
ナオヤ――オレは、――（あわてて財布をとり出し、その中から千円札を二枚出して）これ返しに来たんだよ。
ケンイチ――（それを見て）……。
ナオヤ――借りてたろ、二千円。
ケンイチ――二千円？
ナオヤ――ホラ、オレ、姉貴に頼まれてたＣＤ買う金つかいこんじゃってさ。
ケンイチ――……。
ナオヤ――センター街だよ。ネパール人！　おぼえてない？　アンデルセンの前ですわり込んでたネパール人の脇に携帯が置いてあってさ。オレたちそれかっぱらって走って逃げたじゃない！　いや、インド人だったかもしれないけどさ。とにかく色がちょっとちがう、まゆげとか、こう……。（説明、もどかしく）逃げたろ？　走ってさ。代々木……ちがうな。松濤。松濤の方だよ。何て言ったっけな、あの公園、ちょっと下にくだった……池があって水車のまわってる……放ったんだよ、その池に、その携帯、ハハハ……「ただ今、電波のとどかないところにめされました」とか言っちゃってさ。
ケンイチ――ん？……で？

ナオヤ――あ、だから、その日だよ、これ。（と二千円を）
ケンイチ――前？　あと？
ナオヤ――何が？
ケンイチ――その二千円。だからその携帯の……。
ナオヤ――どっちだったかな……。
ケンイチ――センター街のことばっかり考えていたんだよ。だっておまえ、センター街だよって最初に言ったからさ、センター街のどこでオレは二千円貸したんだろうって……。でもあれは、そういう意味じゃなかったんだろ？
ナオヤ――そういう意味って？
ケンイチ――だから……。（イラだって）おまえもわかんない奴だな……。
ナオヤ――オレが二千円を借りた場所のこと？
ケンイチ――……。
ナオヤ――それがセンター街かどうかって問題だろ？　だからそれが今……。オレはとにかく思い出したんだよ、その日のことを。そういうことだよ、オレが「センター街だよ」って言ったのは。
ケンイチ――……。
ナオヤ――あやまるよ、混乱させたのなら。
ケンイチはナオヤから離れる
ケンイチ――なんで爪がのびてんだよ。

ナオヤ――爪？　ああ、いや、切ってないから、ここんとこ。

ケンイチ――（鼻で笑う）……。

ナオヤ――楽すると爪が伸びるって言うよね。

ケンイチ――知らねえよ。

ナオヤ――で、苦労すると髪が伸びるんだってさ。

ケンイチ――ナオヤ。

ナオヤ――何？

ケンイチ――おまえ、なつかしい？　オレと会って。

ナオヤ――……。

ケンイチ――なつかしいかって聞いてんだよ。

ナオヤ――なつかしいよ。なつかしいさ。

ケンイチ――……。

ナオヤ――さっきね、教会の裏庭見てきたんだよ。西郷山公園にもちょっと入った……なつかしかったよ。あの教会の裏庭でさ、写真とってもらったことあったよね、ケンイチくんのお母さんに……オレ、あん時、ピエロみたいなズボンはいててさ、水玉の。あれ、姉貴が学校の宿題でつくったズボンだったんだよ、オレ恥ずかしくってさ、だって自分のシャツつくった残りの生地であのズボンつくったんだから。

ケンイチ――おふくろは可愛いって言ってたじゃないか、あのズボン。

ナオヤ――そうだけど、でも、あれは……。ねぇ、みんな元気なの？　お父さんも、お母さんも、それから……あれ？　何って言ったっけ、妹さんの名前……。
ケンイチ――アキ。
ナオヤ――アキちゃんか、みんな元気？
ケンイチ――ああ、元気だよ。
ナオヤ――たまには、オレの噂とか、してくれてるのかな。
ケンイチ――（ナオヤのお調子を鼻で笑う）……。
ナオヤ――あ、鼻で笑った！　もはや許しませんぞお！
ケンイチ――ハハハ。
ナオヤ――なつかしすぎる？
ケンイチ――ハハハ。
ナオヤ――なつかしすぎるんでしょ？（もう一度）もはや許しませんぞお！
ケンイチ――ちがうよ、こうだろ？　もはや許しませんぞお！
ナオヤ――うっ、負けたきらいがある。
ケンイチ――それも神父さん？
ナオヤ――いや、今のは何となく。
ケンイチ――（笑ったような）……。

ナオヤ、外階段をつたって二階へ行こうとするのでケンイチ――どこ行くんだよ。
ナオヤ――上に。
ケンイチ――……。
ナオヤ――どうしたの？
ケンイチ――やめろよ、もうオレんちじゃないんだ。
ナオヤ――……。
ケンイチ――オレんちじゃないんだよ！
ナオヤ――……。
ケンイチ――ナオヤ、オレ考えてたんだけどな。
ナオヤ――何？
ケンイチ――いや……。
ナオヤ――何だよ。
ケンイチ――(頭かかえてしまう)……。
ナオヤ――……。(泣いてる？)
ケンイチ――(顔をあげて)なんかさ。イヤンなるんだよ、こういう……。(建物のこと)証拠じゃん、こういうの。
ナオヤ――証拠……？
ケンイチ――(耳をすますようにして)ホラ、こうやって通りすぎてゆくだろ。何の証拠も残さずに……だからカッコいいんだよ。

ナオヤ――何が？
ケンイチ――時間だよ。オレたち人間が証拠、証拠って、右往左往してるそばをスーッと通りすぎてゆく……ダッセェって感じ？　オレたち人間つうものが。
ナオヤ――（手にある二千円が気になって）……。
通りを人が歩いてる気配
ナオヤ――（それを）さっきもオレの前を何人か歩いていた……黒い服を着てた……え？　証拠って？
ケンイチ――のどに骨がひっかかってる間は、魚食べたってこと忘れないだろ、そういうの証拠って言うんじゃないの？
ナオヤ――……。
ケンイチ――おまえ、プレゼントは？　買ってくるって、さっき。
ナオヤ――あ……。
ケンイチ――あじゃねえよ。
ナオヤ――買ってくる。コンビニだけど許して。「もはや許しませんぞお」？　ハハハ。
ナオヤ、バッグを置いて、出て行く。
ひとりになったケンイチ、闇の中に歩いてゆく……消えた。
と、回廊風の廊下の脇の部屋に裸電球風の明かりが灯る。カーテン越しに人影が動き、部屋のドアが開いて、背広姿の男（アオヤギ）が出てくる。出てくる時ドアノブに上着が引っかかって
アオヤギ――まただよ！（上着をノブからはがして）おめえは、まったく！（とドアをける）痛いか？　痛いか？

そう、おまえが悪いんだよ。
アオヤギは上着をちゃんと着る風情
アオヤギ――ええっと……十一月か。これから暑くなるのか寒くなるのか確認しとかねぇとな。勝手に暑くなられちゃかなわねえ。
部屋の中から女（マリー）が出てくる。派手な衣裳がそのスジの女を思わせるが環境に踊らされてる感じでもない。
〝渋谷の椿姫〟筆者は勝手に呼んでいるのだが。そのマリー、持っていた紙袋をアオヤギに渡す。
アオヤギ――おう、荷物、荷物、（受け取り、アゴのあたりをなでながら）ヒゲそってねえから、ちょっとふけつな感じがしたか？
マリー――ううん、ステキよ、男らしくって。
アオヤギ――ホントかなあ。
マリー――かゆいところもかいてもらったし。
アオヤギ――あ、これ？（アゴでかゆいところをかく動きをして）ヒゲとハサミは使いようってか？　ハハハ、ちょっとすわるか。（すわる）
マリー――……。
アオヤギ――何してんの？　ここ、ここ。（と自分のとなりを）
マリー――すわって何すんの？
アオヤギ――会話でしょ。肉欲を離れた会話。

マリー――（鼻で笑う）

アオヤギ――何それ。あ、そか、会話って言葉がちょっとアレだったんだな……その、カタい感じだったんだな。語らい、語らいだよ、オレが言いたかったのは。「すわって何すんの？」ってマリー、おまえはホント に……何ちゅうか、捨て身だな……。オレは、その体、ホントに……拾うぞ！　ハハハ、ホラ、こうやってもうはじまってるだろ？　語らい。

マリー――アオヤギさんさ。

アオヤギ――な、何？

マリー――あたしに何か隠してない？

アオヤギ――隠す？　何を？　髪型は少し変えたよ。

マリー――あのさ。

アオヤギ――うん。

マリー――なんで急に、金まわりがよくなってるわけ？　いや、指輪は指輪で嬉しいんだけどさ。

アオヤギ――なんでって、それ言う必要あるのか？

マリー――……。

アオヤギ――よし、わかった、言おう。宝くじであたった。

マリー――……。

アオヤギ――何？　嘘だと思ってんの？　あ、そか、いくらあたったか言ってなかったな、百万、百万だよ。一千万くらいだったらオレもたまらず言ってたと思う。でも百万だからさ。何ちゅうの？

ガタつくこともないと思ってさ。ましてやその、報告したりすることも？

マリー——……。

アオヤギ——うん……。(満足げに)わかるか？　オレが今、むしろ、よろこびにうちふるえているのが。「あたしに何か隠してない？」よくぞ言ってくれた。オレは嬉しい。一瞬幻影さえ見た。こんな光景だ。オレはリビングで新聞を読んでる。食事のあとかたづけを終えたおまえがエプロンで手をふきながら、オレの前に来る。何？　オレは新聞をおろす。おまえはこの二、三日、ずっと胸につかえていたことを言う。言わずにはおれないという感じだ。「ねえ。あたしに何か隠してることない？」夫婦だろ。たまらなく夫と妻だろ。何を隠してるかなんて問題じゃない。この時間。この空気。ただひたすら——、何？

マリーは、タバコに火をつけ、あたりを気にしてる風だった。

マリー——フクダさん……。

アオヤギ——フクダ？　ああ、フクダさんな。え？　フクダさんが何？　来るの？

マリー——そ。

アオヤギ——そっておまえ、あぶねえからやめろっつってんだろ？　あとつけられてたらどうすんだよ。

マリー——大丈夫よ。

アオヤギ——大丈夫じゃねえだろ。あのじじいのこと探し出せないとなりゃ、やつら、おまえの行くえ追うに決まってんだろ。

マリー——……。

アオヤギ――いいか、オレですらわかることだよ、あのマンションからおまえがいなくなった。じゃあどこ行ったか。まずあたってみるのは、マンションの管理人さ。その管理人がこんな時間にフラフラわけのわかんねえとこに出かけてゆく。何かある。つけろ。この流れだよ。

マリー――タバコがまずい。

アオヤギ――……。

マリー――まずいわよ、タバコが！

アオヤギ――何怒ってんだよ。

マリー――（消して）たまにはね、アオヤギさん以外の人間と話がしたいのよ。語らいだの、宝くじで一千万あたっただの、はずみがつかないっつうのよ、生活に。

アオヤギ――いや、百万だって。

マリー――あ、そ。

アオヤギ――おまえ、信じてねえだろ、宝くじのこと！

マリー――信じてるかもしれないし、信じてないかもしれない！

間

アオヤギ――そっか……結局、じじいのことが好きなんだな……。パパ、パパっておまえが冗談みたいに言ってくれてたから、オレもただの金づるみたいに思ってたけど、そうじゃなかったってことだ。ここに来て、そのこと判明って感じか？　いいよ、どんなおまえだろうと、オレはおまえの全部が好きだから。おまえの前でオレなんかホント青い山羊だよ。なあ、頼むから、オレのこと、アオヤギさんて呼ばないでくれ。あんたでいいよ、あんたで。

マリー、またタバコに火をつける

アオヤギ――何だよ、まずいって言ってたくせに。

マリー――……。

アオヤギ――何見てんだ？

マリー――……。

アオヤギ――おまえの見てるものをオレも見ていたいんだよ。

マリー――草よ。

アオヤギ――草か。

マリー――……。

アオヤギ――寒いか？（紙袋からホカロンを出して）あるぞ。

タバコを消すマリー

アオヤギ――（ホカロンをもみながら）オレな、不思議と嫉妬を感じないんだよ。だからその、おまえが仮に、じじいのことが好きだってこと、まあその、認めなくちゃならなくなったとしてもさ……。ただな、事ここにいたってな、何もおまえまで危険に身をさらすこたねえじゃねえかって。オレはそう思うんだよ。オレと一緒に、どっか遠くに行かねえか？（ホカロンが）ホラ、あったかくなってきた。

マリー、アオヤギから離れる。

アオヤギ――（ホカロン見ながら）しかしこれは、なんでこうやってあったかくなるんだ？　おそろしいよ。人間の知恵ってのも。
マリー――遠くって？
アオヤギ――またそうやって、その気もないくせに。
マリー――……。
アオヤギ――行くのか、オレと一緒に。
マリー――……。
アオヤギ――みろ。
マリー――どこよ、遠くって。
アオヤギ――外国だよ、スペインの田舎町とか。
マリー――（ふんふんとうなずく）
アオヤギ――じゃなくったっていいよ。南フランスの田舎町とか。
マリー――あ、田舎がいいんだ。
アオヤギ――いいだろ、田舎の方が。近所の農家の人が野菜とか果物とかわけてくれるだろうし。
マリー――わけてくれるの？
アオヤギ――くれるよ。わけたいんだから田舎の人は。ワインだってわけてくれる。ホレうちのぶどうからつくったワインだ！　飲んでみさらせ！　とか、そういう乱暴なまでの優しさでもってさ。

マリー――うん……で？
アオヤギ――で、何？
マリー――私たちは？　何してんの、そこで。
アオヤギ――きれいな空気吸ってるよ。朝には朝の。夕方には夕方の。
マリー――昼間は？
アオヤギ――もちろん昼間の空気もきれいさ。
マリー――じゃなくって、働くわけでしょ？
アオヤギ――あ、そっちな。それは、だから、近所の農家でしょ。
マリー――あん？
アオヤギ――農家のかまど色の倉庫から出てくるよ、ブルンブルンブルンて、でっかいトラクターが。で、畑に出て、トラクターの――。
マリー――持ってんの？　トラクターの免許。
アオヤギ――トラクターのそばで、いもとか掘ってんだよ。
マリー――……。
アオヤギ――とるよ、免許。いもは農家の子供たちに掘ってもらおう。
マリー――……。
アオヤギ――おまえ、急に言うから、オレだって、イメージが。
マリー――イメージの問題じゃない、心構えの問題よ。なんでもらうのよ。野菜、果物。おまけにワインまで！

アオヤギ——(怒って) いいだろ、もらったって！　くれるって言うんだから！

マリー——言ってないって！　誰も！

アオヤギ——……。

マリー——言ってないのよ、誰も、くれるなんて。おそろしい、それこそ。

アオヤギ——おそろしいさ、愛の力だもん。(ホカロン見て) 人間の知恵なんて、へなちょこさ。ホラ、へなちょこ頑張ってる。もうあついぜ。あっつっつ。

マリー——アオヤギさん……。

アオヤギ——やめろっつってんだろ！　アオヤギは！　オレはさ、知りたいよ、いつ、誰が、何を夢みて、こんなものをつくろうなんて考えたのか！　もむだけであつくなるってどういうことと!?　(マリーに) え？　使うのか、使わねえのか、どっちなんだよ！

マリー——使うわよ。

アオヤギ——……。(差し出す)

マリー——使うべきか、使わざるべきか。

アオヤギ——何がおまえをためらわせる？　あん？　物乞いの記憶か？

ホカロンを取りあげるマリー

マリー——あっつ！(放って) 何これ！

アオヤギ——ハハハハ、あついだろ！

マリー――不良品じゃないの⁉

アオヤギ――じゃねえよ。こういうもんなんだよ、これは。ハハハハ！

ここにフクダがあらわれる

マリー――フクダさん。

フクダ――通りまで聞こえますよ、声が。

マリー――そう、そうね。

フクダ――今も私の前を何人か通夜の客たちが。

マリー――通夜？

フクダ――あっちの方でたぶん。通りに、こういうの（と指で矢印をつくって）角、角に貼ってありましたから。

マリー――そう……。（フクダの持ってる鳥かごを）ああ、ありがとう。

フクダ――むき出しだとアレだと思って、ちゃんとおおいを。

マリー――うん、ありがとう。

マリー、そのおおいをとって。

マリー――ああ、元気だあ……いい子にしてた？　チ・チ・チ……、フフ……おどろいてるの？　それとも、おどろいてるふり？

フクダ――鉢山の交番の前通る時、中でボーっとしてた巡査が、私が通る時だけ、なんだか知らないけど見送るんですよ。振り返るのも変だと思って、逆に私はゆっくり歩いたんですけどね。

マリー――え、それは？

フクダ――え？
マリー――どういうことなの？
フクダ――交番の巡査がね……、え？　どういうことって？
アオヤギ――怪しまれなかったかってことだよ。
フクダ――私がですか？　いえ、だって、私はただの女ですから。
アオヤギ――……。
フクダ――何ですか？
アオヤギ――何も言ってねえよ。

二人のやりとりを聞いていたマリーは、アオヤギに見られ、とりつくろうように鳥かごを吊るすところを探し出す。

アオヤギ――（フクダに）じじいから、何か連絡は？
フクダ――じじい？
アオヤギ――じじいだよ。あんた通じてんだろ？
フクダ――ああ、田宮さんのことですか。じじいなんて言うから。
アオヤギ――連絡は!?
フクダ――ありませんよ。だいたい、じじいだなんて。田宮さん、まだ五十五ですよ。なんで私が通じてるんですか。

これも聞いていたマリー。二人に見られまた鳥かごを

アオヤギ――じじいは、マリーがあんたのマンションに帰ってないってことはわかってんだろ？
フクダ――わかってますよ。だって、しばらくうちをあけろって言ったのは田宮さんなんですから。あんたのマンションて、私はただの管理人ですよ。あ、そうだ、（マリーに）帰りはタクシーつかってもいいですよね。
マリー――え？
フクダ――いえ、タクシー。歩いてみるとやっぱ女の足じゃ遠いですよ、２４６はさんでるし。
マリー――ああ……。
アオヤギ――どこにいるんだよ、今じじいは！
フクダ――（無視）
アオヤギ――（マリーに）おまえも、そんなものわざわざ持って来させるこたねえだろ、こんな女に！
フクダ――こんな女って……。
マリー――かわいそうでしょ、誰もいない部屋にひとりぼっちで……ねえ。
フクダ――こんな女ってどういうことですか。
アオヤギ――うるせえよ、おまえは。
フクダ――そんなに私と近づきになりたいですか。
アオヤギ――え、意味わかんねえよ。
フクダ――私だって守るべきものは守りたいんですよ。
アオヤギ――え、何？

フクダ――フン、おちこぼれが。(マリーに)ここなんかどうですか?
アオヤギ――おい、ちょっと待てコラ。
フクダ――高さ的にも、いい感じじゃないですか?
マリー――じゃあ、おねがい。
フクダ――はい、はい。
アオヤギ――はいはいじゃねえだろ、このババア!
マリー――これ、フクダさんの?

マリーは、ナオヤのバッグを見ていた

フクダ――いいえ。
マリー――誰の……?
フクダ――バッグですか、それ。
マリー――そう。

フクダは鳥かごをアオヤギに持たせ、バッグを見にいく

マリー――いつからあったんだろう。
フクダ――見てみますか、中。
アオヤギ――やばいぞ。

アオヤギは、フクダをどかし、そのまま鳥かごを持たせ、バッグに近づく。

アオヤギ――誰かが入ってきたってことだろ、どう考えたって。だから言わんこっちゃねえんだ。

フクダ――私の顔見ないでよ。

アオヤギは、邸宅の外側が見えるあたりに移動し、あたりを見る

フクダ――微妙ですね、ゴミか私物か。

マリーは中を見る。そして、バッグをさかさにして、中のものを出す。

マリー――(質素な物たちに)……。

フクダ――(中身を)……タオル……ポケットティッシュ……割り箸二本……紙コップ……Tシャツ……何だこれ……お菓子か……(パック入りの)ジュース……本……。

アオヤギ――(近づきながら)本?

フクダ――(その文庫本のタイトルを)若きウェルテルの悩み……(首をかしげ、思い出したように鳥かごを)あ、私、これ。

フクダは先ほどの方へ移動しようとして

フクダ――(悲鳴)わっ!

あついホカロンを踏んだのだ

フクダ――何?　何これ、ぬめっとあつい。

アオヤギ――ハハハハ。

フクダ――え?　ナーニ?

アオヤギ――人間の知恵、踏みやがった!　ホラ!(と拾って、フクダの方に放る)

フクダ――(悲鳴)

アオヤギ――ハハハハハ。
フクダ――（近くで見てわかって）なんだ……何かの内蔵かと思った……。
　この騒ぎの間、マリーは、中身をバッグの中に戻していたが、本の間にはさんであった写真が落ちたので、
　それを見て
マリー――……。
フクダ――（そのマリーを見て）
アオヤギ――（同じく）
マリー――（それを感じ、すべてをバッグの中に戻して）……ちがうの、急に思い出したのよ。ホラ、マンションのドアあけたら、コンビニの袋がノブにひっかけてあって、中に新聞紙でくるんだカラスの死骸が入ってた……また、あの時みたいに、そう思ったの……。
フクダ――ああ、あの日……。
マリー――あれは朝のことだったけど、私、一日中外に出ることが出来なくて、チェーンをかけ、テレビをつけっぱなしにして、毛布を体に巻きつけて……（鳥かごの方に近づきながら）ねえ、そうだったわね。
フクダ――マンションの入口ですれちがった奴らだったんですよ、今思えば。私が清掃車に苦情言いに行ってる間にあいつら。
マリー――（少し笑って）夕方になると、私は用もないのにバスルームに行って、明かりをつけ、バスタブを見ていた……バスタブに腰をおろすと、鏡の中から、イヤーな顔の女がこっちを見て

いた……イヤーな顔の女が……フフフ……。

フクダ――あの日は田宮さんがなかなかつかまらなくて……あとで田宮さんの事務所にも御自宅の方にも、同じようなことがあったんだってわかったんでしたよね……。あ、それ。（と鳥かごを）

マリー――ううん、いいわもう。こうやって、好きなところに連れて歩くことにする。

フクダ――あ……。

マリー――（鳥かごに）ひどい女だと思ってるでしょ、私のこと。あなたのこと、おいてきぼりにして、あの部屋飛び出してしまったんだもの――ちょっと待って、今急に思いついた、あなたの名前。つけてあげるって約束しておきながら、ああ、やんなるわ。ここでも不義理を。でも今思いついた。ウェルテル、ウェルテルよ、あなたは。どう？　気に入った？　え？何それ。気に入ってるふり？

フクダ――ウェルテル、いい名前ですよ。

マリー――口をはさまないで。ここは当事者にまとめさせて。（小鳥に）特技は認める。あなたのその、ふりをする特技は。でも今はダメ。私は私という人間をいましめ、そして聞いてるんだから。あなたにも要求するわ、逃げ隠れのない返事を。どうなの？　気に入ったの？

フクダ――（何やらうなずいてる）

マリー――（ので）何？

フクダ――いえ、特技のことを。私もあの時は驚きましたからねえ。このかごの中で死んでるのかと思って……まったく、どこでおぼえたんでしょう。

マリー――(うつろに) ああ……。

フクダ――……。

マリー――ええっと……。(フクダの言ったことを確認して) ……そう、フクダさんも特技のことを言ったのよね……そう、そう、あの時ねえ。フフフ……ハハハ……あの時はホントに！ (急に) あれ？ 返事もらった？ ウェルテル。気に入ってくれたんだっけ？ わかるでしょ？ 今、私は落ち着いてる、さっきよりずっと。あなたがそばにいてくれるから。

そのマリーの様は、むしろ不安が昂じたことを教えている。

アオヤギ――マリー。

マリー――何？

アオヤギ――ずっと考えてたんだけど、さっきの、鏡の中からこっちを見てた女ってのな、イヤーな顔してたってゆう……あれ、自分のことだよな。もうひとり別の女がいたってことじゃないだろ？

フクダ――何を言って――。

アオヤギ――黙ってろ、ババア！

フクダ――……。

アオヤギ――(マリーに) じゃあ、そのイヤーな顔っての、自分のことになるじゃねえか……。わかんねえよ、なんでイヤーな顔なんだよ。

マリー――(反論して) イヤーな顔なの！

アオヤギ――おかしいって、すでに！　鏡にうつるよな、オレの顔。かわいいもん！　いい男だもん！　ちがうよ、だから、そう思えるから明日も生きられるって、オレはそういう話してんだよ！

マリー――いいじゃない、それはそれで！

アオヤギ――別々にするなよ、オレとおまえの問題を！

マリー――するわよ別々に。だって別々なんだから！

アオヤギ――（フクダに）何だよ！

帰ろうとしていたフクダ

フクダ――いや、山手通りに出て、タクシー拾おうと思って……（マリーに）あ、タ、タクシーつかってもいいんですよね。

アオヤギ――（千円札を一枚）ホラ。

フクダ――（それを拾って）これだと途中で降りて、あとは歩くってことに……。

アオヤギ――（もう一枚）ホラ。

フクダ――（拾って）……。

アオヤギ――足りんだろ？

フクダ――足りますよ。

アオヤギ――行けよ。

フクダ――（マリーに）何かあったら。

マリー――ええ。

フクダ、出てゆく

アオヤギ――(ナオヤのバッグもてあそぶようにして)しょうがねえよ、おまえはもてる女なんだから。
マリー――何の話、それ。
アオヤギ――うん……。
マリー――え?
アオヤギ――一理あるってことだよ、おまえの言うことにも。別々に……うん、まあ、そうだな……。フナキもそんなこと言ってたよ。フナキ、わかんだろ? オレ、あいつにいろいろ相談してっからさ。おまえとのことで。「一ミリ離れてるってことは、一〇メートル離れてるって考えた方がいい」ってあいつは言ったよ。まあ、そういう言い方する奴だけどな……。これ、いわば別々ってことなんじゃないの? おまえの言う……。
マリー――……。
アオヤギ――ま、いいや……ええっと……(ホカロンを)お、やべ、やべ(と拾って紙袋に入れ)きちんとしているアオヤギさんと……行くわ、きょうのところは。
マリー――使うから、それ。
アオヤギ――(ホカロンを)これ?
マリー――使う。
アオヤギ――だけど、これはおまえ……。
マリー――だって冷えるんだもん。

アオヤギ――腰？

マリー――とか手とか……足とか。

アオヤギ――オレ、まるごと、これになっちゃダメか？

マリー――え？

アオヤギ――人間の知恵って言うより、もっと原始的な、っつうか……まるごと。

アオヤギ、マリーを背中の方からゆっくり抱きしめる

マリー――……。

アオヤギ――さっきの話だけどな……やっぱ、農家で働くの、やめるわ……どっか、もうちょっと、スクウェアな感じんとこでさ。保健所とか。

マリー――保健所？

アオヤギ――よくない？

マリー――役所でしょ、話の流れから言って。

アオヤギ――お、もうその気になってきたな。

マリー――……。

アオヤギ――反省するなよ。人間、乗せられることも大事だって。お、やべ、そろそろ行くわ。（あっさり立ちあがり、去り際に）アイ　シャル　リターーン！

ひとりになったマリー、鳥かごの方に行き、しばしウェルテルを見ているが、ふと、ナオヤのバッグの方に行き、それを持ち上げる。それを別の場所に置こうとして歩き出すと、そこにナオヤが帰ってくる。コ

ンビニの袋をさげて。互いが互いに驚き、立ちどまる

マリー——え？
ナオヤ——ケンイチくんは？
マリー——誰？
ナオヤ——ケンイチくんだよ、ここにいた。
マリー——……。
ナオヤ——オレのバッグだよ、それ。
マリー——え、これ？

ナオヤはマリーから自分のバッグをもらい受け、明かりのついた部屋（以後マリーの部屋と呼ぶ）に入って行こうとする

マリー——ちょっと待って。どこへ行くの？
ナオヤ——（止まり）……え？
マリー——どこへ行くのよ。
ナオヤ——ケンイチくんが……。
マリー——誰もいないわ、そこには。
ナオヤ——……。
マリー——何それ。
ナオヤ——え？

マリー――そのコンビニの袋よ。
ナオヤ――ぶどうを買ってきたんだ。
マリー――ぶどう？
ナオヤ――ケンイチくんの誕生日だからだよ。

互いに初対面なのに、ここまで会話してしまったことの不思議を感じた。ナオヤは、二階の方を見て、そこにケンイチを求めて外階段をのぼりはじめる。

ナオヤ――（外階段の途中で、ふと）……誰？　キミは、
マリー――キミ!?
ナオヤ――何をしてるの、こんなところで。
マリー――ちょっと待ってよ、どうしてキミなの、私が。
ナオヤ――（むしろ階段を降りようとして）キミは知ってるの？　ここがどこだか。
マリー――ここ？　ここはシブヤよ。
ナオヤ――じゃなくって！　この家のことだよ。
マリー――ううん。
ナオヤ――ケンイチくんの家だよ。ここは、でも引越したんだ、だから……。
マリー――誰？　ケンイチくんて。
ナオヤ――友だちだよ、オレの。きょうは誕生日だったんだ。オレはそれを忘れて……でも、ケンイチくんは待っていてくれた……毎年、そうしていたからだよ。毎年ケンイチくんの誕生日

には、この家で。（二階の部屋を指して）あの部屋がケンイチくんの部屋だった——。

外を誰かが通る気配

ナオヤ——（通りすぎたのを感じて）静かだからひびくんだよ、このあたりは。

マリー——そうね。

ナオヤ——え？　さっき何か言ったっけ？

マリー——何を？

ナオヤ——オレがここで何をしてるのかって聞いたときさ。

マリー——今こたえるわ。隠れているのよ、ここに。

ナオヤ——隠れてる？　どうして？

マリー——（笑って）隠れる女だから。

ナオヤ——何を笑ってるの？

マリー——あなたが真面目に聞くからよ。気づいてない？　今、あなたはひどく真面目な顔で「どうして？」って聞いた。

ナオヤ——だってそれは、——。（考える）

マリー——ホラね。今も、真面目な顔で考えてる。フフフ。

ナオヤ——だって、隠れてるって……理由ってものがあるだろ？　隠れるには。

マリー——そうよ。

ナオヤ——だからそれを聞いてるだけじゃないか。

マリー――じゃあ、その前に教えて。どうして私はキミなの？

ナオヤ――キミって言わない？　相手のこと。

マリー――ああ……。

ナオヤ――(笑って) 何だよ、納得してるじゃないか、質問する意味がない。

マリー――(笑う)

ナオヤ――(笑いながら) え？　わかってるの？　キミは質問する意味がないことを質問したって言ってるんだよ。

マリー――わかってるわ。(まだ笑ってる)

ナオヤ――(ので) 変だよ。だって……(言葉がみつからなくて) 変だろ？

マリー――ねえ、私、今、不利じゃない？

ナオヤ――え？

マリー――まるで見おろされてる。

確かにナオヤは位置的に見おろしている。そのことで急にケンイチを探していることを思い出した

ナオヤ――……。

マリー――何？

ナオヤ――いや、ケンイチくん……(どこを探せばいい？) ……(今いちどマリーの部屋の方にひきつけられて) え？　いないって言った？

ナオヤは階段を降り、その部屋に入っていこうとして、入口から中を見て

ナオヤ――何、これは――。（そこだけきれい）

マリー――……。

ナオヤ――あの鳥の絵……。（見おぼえがある）

ナオヤ、中に入ってゆく。ガラス窓のカーテン越しにナオヤの姿が見える

ナオヤの声――ケンイチくんのお母さんの部屋だった……。

マリー――……。

ナオヤ――そう、壁のこの絵……。こんな絨毯は敷いてなかった……（出てきて）え？　キミがこの部屋を？

マリー――わかったから、あなたの友だちが住んでたってことは。

ナオヤ――……。

マリー――わかったからって言ってんの！

ナオヤ――……。

マリー――（小鳥に）ひどい人だね、マリーの部屋に勝手に入ってきちゃったよ。ねえ、ウェルテル。

ナオヤ――ウェルテル？

マリー――……。

ナオヤ――ウェルテル!?

マリー――何か？

ナオヤ――いや……え？　マリー？

マリー――それは私の名前。
ナオヤ――……。
マリー――何を考えてるの？
ナオヤは気持ちを整理出来ぬげで
マリー――(自分の部屋に近づいて) ここは、私の部屋よ。今はね。だって隠れるには最高なんだもの。こうやって明かりつけても、通りからはわからないし……だいたいここが私の部屋だって言っちゃいけない理由は何もないでしょ？　例えば今、誰かがこの部屋に入っていった。何か気に入らなくて、そして、めちゃくちゃにしようとする。何もかもが気に入らなくて、めちゃくちゃにしようとする、その時、この部屋をめちゃくちゃにしようとするその手から守ってあげられるのは、この私しかいないんだから。そうでしょう？
ナオヤ――……。
マリー――だからこの部屋は待ってるわ、私を。同じようにめちゃくちゃにされようとする私を守ってあげられるかもしれないと思ってね。
鳥かごのウェルテルがチ、チと鳴く
マリー――ああ、ウェルテル、忘れてないわ、もちろん、あなたのことも。
さらにチ、チと鳴く
マリー――だって忘れてたじゃないかって？　ううん、そうじゃないの。あの部屋であなたに待っていて欲しい人がいたからよ。あなたがあの部屋にいなくなったら――。

ウェルテルの鳴き方に何かを感じたマリーは、部屋へ行き、明かりを消す

ナオヤ――え？

マリーは、外の方へ行こうとして、あとずさり、ナオヤに鳥かごを手渡し

マリー――これ、持ってて。

そういうと、すすきの出口へ去る。ナオヤはそのマリーの行動をいぶかりつつも、鳥かごを持ったまま、マリーの部屋に入る。と、入口の方から人たちの話し声がして三人の黒い服の男たちが入ってくる。

ひとりがけつまずきそうになって

黒い服A――おい、気をつけろよ。

黒い服B――ごめん、ごめん。上を見てたら足もとが。

黒い服A――いや、謝ることないけどさ。

黒い服B――下を見ると上が見えないし。むずかしいな、人間というものは。

黒い服A――やめろよ、そういう考え方、悪いクセだぞ。話をむずかしい方、むずかしい方にもってゆく。

黒い服B――いや、だって――。

黒い服A――上を見たら、つまずかないうちに下を見ればいいだろ？　それだけのことだよ（Bが下ばかり見ているので）だから上を見たくなったらみればいいさ。

黒い服B――さしずするなよ。自分の失敗は自分の失敗として受けとめるからさ。

黒い服C――筆ペン。

黒い服A――え？

Cは御仏前の袋を探し出し、それにお金を納め終えたところだった

黒い服C——筆ペンだよ。
黒い服A——ああ。

Aは Cに筆ペンを渡す

黒い服C——これ、自分の名前書くんだよな。
黒い服A——うん。
黒い服C——フルネーム？
黒い服A——苗字でいいだろ。
黒い服C——オレ、佐藤だから、下の名前も書いといた方がよくねえかな。
黒い服A——じゃあ、書けば？
黒い服C——でも普通、苗字だけなんだよな。下の名前書いたらイヤミじゃねえかな、オレ三万入れてるしさ。
黒い服B——え、三万も？　なんで？
黒い服C——オレ、つき合い深かったし。
黒い服B——御仏前にいっぱいつつむのってよくないって言わない？
黒い服A——いいじゃないか、自分の気持ちで。
黒い服B——でも、三万はつつみすぎだよ。オレ一万。おまえは？
黒い服A——二万。

黒い服B——なんだ、なんだ。全員おのおの？
黒い服C——佐藤でわかるかな。
黒い服A——早く書けよ。
黒い服B——三万に二万か……。
黒い服A——だいたい、なんでこんなとこまで入ってくる必要あんだよ。
黒い服C——みっともないだろ、通りでこんなこと……（家を見て）それにしてもすごい家だな。
黒い服B——うん、高いよな、これ。
黒い服A——趣味悪いだろ。
黒い服B——そうかな。
黒い服A——悪いよ。金にまかせて。ここは日本だぜ。
黒い服B——いいじゃない。いいよ。最高だよ。ちょっと見てみなよ。これ、庭だぜ。家の中に庭。しかも空が見える。
黒い服C——聞いた話だけどな、円山町あたりで客ひろって、ここに連れ込んでる女がいるって話だぜ。たぶんここだと思うよ。
黒い服B——ここに？　寒くねえか？
黒い服C——え？
黒い服B——寒いだろ、こんなところじゃ。だいたい、どこでやるんだよ。

マリーの部屋から少し出て、三人の様子を見ているナオヤ

黒い服A――いいから、早く書けよ。
黒い服C――はい、はい。
黒い服B――あ、やっぱりフルネームにしたな。
黒い服C――この家を見てるうちに思い出したんだ。オレはいつもひかえめで損をしてきた、そういう人生だったたって。
黒い服B――ここに入ってきた意味があったな。
黒い服C――(Aに筆ペンを) サンキュ。行こうか。

三人、出てゆく。ナオヤは、出てきて、マリーが去った方を気にし、ふと、三人がいた物陰に人の気配を感じ、振り向く。と、そこにケンイチが立っている。

ナオヤ――どこにいたの? 探してたんだよ。
ケンイチ――……。
ナオヤ――そうだ、これ。買ってきたよ。何だと思う?
ケンイチ――(去った三人のことを) うるさい奴らだな……。
ナオヤ――え? ああ、今の……。
ケンイチ――何だと思ってるんだ、人の家を。
ナオヤ――……。(さっきと様子がちがう)
ケンイチ――おまえさあ、なんでその部屋に入ったわけ?
ナオヤ――いや、なんでって……。

ケンイチ――オレ知ってんだよ。あの頃も時々ひとりで入ってたよな。おふくろが留守の時さあ。
ナオヤ――そんなことないよ。
ケンイチ――じゃあどうして、あの鳥の絵のこと知ってたんだよ。鳥っつうか孔雀な。
ナオヤ――いや、入ったことはあるよ。ケンイチくんのお母さんが入っていいって言った時だよ、それは。だからおぼえてるんじゃないか。
ケンイチ――入っていい？　そんなこと言うわけないじゃないか。オレだってめったに入れなかったのに。
ナオヤ――言ったよ。入っていいって。
ケンイチ――いつ？　どんな時だよ。
ナオヤ――……。
ケンイチ――ホラ、言えない。
ナオヤ――いなかったんだよ、ケンイチくんがその時。オレひとりだったから、だからお母さん……。
ケンイチ――……。
ナオヤ――入っていいよって。
ケンイチ――嘘だね。
ナオヤ――嘘じゃないよ。オレがあのけばい鳥の絵に驚いてたら、お母さん「珍しい？」って聞いたんだから。
ケンイチ――おまえがお母さんて言うことないだろ？
ナオヤ――ああ、だから、ケンイチくんのお母さんだよ。

ケンイチ――だいたいオレがいなくったって、アキがいただろ。

ナオヤ――アキちゃん？　アキちゃんは……たぶん、アキちゃんもいなかったんだよ。

ケンイチ――おかしいじゃないか。オレもいない、アキもいない。じゃあ、おまえはなんでオレンちにいたんだよ。

ナオヤ――いると思ってきたんだよ。いると思ってきたのに、いなかったんだよ。ケンイチくんも、アキちゃんも。

ケンイチ――ちきしょ！

ケンイチは、そう言うと、外階段をのぼって行く。かつての自分の部屋の方へ

ナオヤ――ケンイチくん！

ケンイチ――(止まって)何だよ。

ナオヤ――これ……。(とぶどうを)

ケンイチ――……。

ナオヤ――買ってきたんだ。

ケンイチ――おまえ、嘘つきだったからな……ツチヤとかクニヒロにおまえ(ナオヤの腕時計を)あ、それだよ、その腕時計！　うちのおふくろに買ってもらったとか言ったろ？　何言ってんだよ。それ、オレと一緒の時１０９《マルキュー》の地下のソニープラザで万引きした奴じゃないか。それだけじゃないよ。オレの靴！　ゲタ箱にオレの靴がなくて、オレがあせってた時だよ。おまえ一生懸命探したよな。探してるふりしたよな。放課後、もうオレたちしかいないって時間まで。

おまえ「あったよ」ってオレの靴もってきたんだよ。「あっちの二年生の花壇の中に捨ててあった」って。シノダから聞いたよ。あれ、おまえ、自分で捨てたんだってな。あいつ見てたから知ってるってオレに言ったよ。オレはおまえに何も言ってないけどな。言わなかったんだよ、知ってたけど！

ナオヤ――……。

ケンイチ――あいつら（先刻の三人のこと）とおんなじだよ、おまえは！　図々しいんだよ！　勝手に入ンちに入ってきて！　いらねえよ、おまえの買ってきたものなんか！

ナオヤ――ケンイチくん……。（近づこうと）

ケンイチ――くるな！

ナオヤ――……。

ケンイチ――ホラ、また誰か来る！

ナオヤ、入口の方を見ると息づかいも荒いフクダが入ってくる

フクダ――あれ……？

ナオヤとフクダは互いに牽制し合うような具合。

ナオヤ、鳥かごを持つ。

フクダ――ここに、マリーという……。

ナオヤ――あ、むこうに。

フクダは、すすきの方に行き、あたりを見るが、近くにいないと判断し、ナオヤを見る。

ナオヤ――(鳥かごを) いや、これはあずかってくれって言われて……。
フクダ――あんた誰?
ナオヤ――オレは…… (ケンイチを見ようとすると、その姿がすでになく) あれ?
ナオヤ、階段をのぼりだすが
フクダ――まいったな……タクシー待たせたままだし……。
ナオヤ――え?
フクダ――あんた、マリーはわかるのね。
ナオヤ――ええ。
フクダ――え? あんたが教えたの?
ナオヤ――何をですか?
フクダ――田宮さんのこと。
ナオヤ――田宮さん?
フクダ――私は今、タクシーで、タクシーの運転手に……だから、あせって戻ってきたのよ。
ナオヤ――何のことですか。
フクダ――いいわ、じゃあね、マリーが戻ったら、伝えて。田宮さん――。(言いよどむ)
ナオヤ――え?
フクダ――ああ、どうしよ……今、道玄坂から円山町にかけてたいへんなのよ。あのね、田宮さん、見つかったって、見つかったのはいいんだけど……ああ、ダメ、今はとりあえずそれだけ

私　伝えて……私、タクシー待たせてるから……まいったなあ、二枚じゃ足りなかったよ、私としたことが。

フクダ、出てゆく。
ナオヤ、ケンイチの姿を追おうとするが、鳥かごの中のウェルテルがチ・チ・チと鳴くので、それを見て、さらに、すすきの方を見る。

ナオヤ　――……。

暗転

2

まだ夜。マリーの部屋に明かりが灯っている。中庭にも蛍光色の明かり。その中庭に面した小廊下の手すりに腰をおろし、新聞を読んでいる男（フナキ）時折口に運んでいるのはぶどう。そのくだけた様は、いかにも遊び人風だが、この男もアオヤギ同様、背広姿だ。

外からの入り口に人の気配。

いくらか身構えたフナキ、それがフクダだとわかって

フナキ――あんたか……。

フクダ――（マリーとアオヤギのことを）……え？　まだ中に？

フナキ――ああ。

フクダ――（ふんふんとうなずく）

フナキ――どうした？

フクダ――何が？

フナキ――あのガキだよ。

フクダ――ああ……なんか、そこらへんを。

フナキ――（新聞を脇に置いて）さすがに、朝刊には間に合わなかったみたいだな。

フクダ――それ、朝刊なの？

フナキ――うん。

フクダ、朝刊をめくってみる

フナキ――ちきしょ、体がなまってんな……。（体を動かす）

フクダ――（それを見て）フフフ……。

フナキ――え？

フクダ――男の人って、よく、それ言うでしょ。女はあんまり言わない。

フナキ――（鼻で）フン……。

フクダ――私も言ってみようかな……（言ってみる）ちきしょ、体がなまってんな……ね、ちょっと変でしょ？

フナキ――なまってねぇんじゃねぇの？

フクダ――だから変って意味？

フナキ――（テキトーに）ああ……。

フクダ――そうかな……だって、なまってないわけじゃないのよ、体。そう、なまってないわけじゃないのよ……（見られていると感じ）何？

フナキ――あんた、面白い人だな。

フクダ――それ、顔がって意味？

フナキ――（首をかしげる）

フクダ――（ので）何よ。（と嬉しそうに）

フナキ――何が面白いんだろうな……。

フクダ――存在？
フナキ――かもな。
フクダ――うーん、なんか考えちゃうな……考えちゃう、考えちゃう……。
フナキ――そりゃまずいぜ。
フクダ――何が？　なんで？
フナキ――考えるようなことじゃねぇし……。
フクダ――え〜、だって、考えちゃうんだもん。
フナキ――……。
フクダ――あなた、ちがうわね、あのアオヤギって人と……名前もちがうし性格もちがう。
フナキ――あたりまえだろ。
フクダ――ううん、私、友達なのにって言ってるのよ。あの人、福島かどっかの人でしょ、田舎じゃたいへんらしいわよ。アオヤギ家の長男が、変な女にひっかかってるとかで……私ンとこにまで連絡あったんだから。
フナキ――ハハ……あんた、やっぱり面白いよ。
フクダ――やだ、やだ、もう考えさせないで。
急速に言葉途絶えて
フクダ――なんか、冷える……。
フナキ――……。

フクダ――私も大変なのよ、まだひとりだし。

またしてもアオヤギがドアノブに背広をひっかけて

アオヤギ――何だよ！　おまえは、ホントにもう！　この突起物が！

フナキ――(笑う)

アオヤギ――笑いごっちゃねぇぜ、ホント。

フクダ――(マリーのことを)どうなの？

アオヤギ――(フクダに気づいて)なんだ、なんだ、二人もいるじゃねぇか。

フクダ――いるわよ。

アオヤギ――いるわよって、オレは今、驚いたんだよ！

フクダ――まったく、この人は。

部屋の入り口に立つマリー

マリー――……。

フクダ――まだブルーシートがかかったままでしたよ。さっき円山町ぬけてきたら。

フナキ――(そのマリーを薄笑いで)意外に落ちついてんだな。

マリー――……。

アオヤギ――今朝の新聞か、これ。

フナキ――うん。

アオヤギ――(あせって見ようとする)

フナキ――（ので）出てないスよ。

アオヤギ――……。

フナキ――間に合わないっしょ、あの時間じゃ。

フクダ――それにしても、あんなところで……ホントに交番のすぐ裏ですよ。田宮さんの方から呼び出したって話ですからね。

アオヤギ――だからオラ言ってんだ。あのじじい、はなっから警察に捕まるつもりだったんだって。そっちの方が安全だからな。

マリー――……。

アオヤギ――てことはだ、てことはマリー、じじいはおまえのこと見限ったってことじゃないのか？てめえがオリン中に入りゃ、あいつら、おまえを追う。それくらいわかるはずだ、そうだろ？――ああ、ちきしょ、何度も同じこと言わせんなよ。

フナキ――（冷めて）ただな、その前に病院に運ばれたとあっちゃあ……。

アオヤギ――同じことさ、見通し甘かっただけのことだよ。組のもんだってそんなバカじゃねぇ。

フナキ――（フクダに）どうなの？　その田宮って男の傷の具合は？

フクダ――いやあ……。（首をひねる）

マリーは、新聞を見る

アオヤギ――（怒ったように）出てねえっつってんだろ！

マリー――（冷静に）うるさい、さっきから。

アオヤギ――ああ、うるさいよ、オレは。
マリー――（新聞の感想らしく）ダメだよね、政治家も、ちゃんと国民にわかる言葉でしゃべらないと……なんだこれ（目を近づけて見て）虫か……インクのしみかと思った……。
アオヤギ――政治家が何だって？
フナキ――ちゃんと国民にわかる言葉でしゃべらなきゃいけないって。
アオヤギ――何だそれ。
フナキ――国民の声でしょ。
マリー――（急にフクダに）ん？　あの子は？　ホラ、ウェルテルあずかってくれた……。
フクダ――ああ、なんかそこらへんを……わかるからってひとりで……。
マリー――……。
アオヤギ――そりゃどういう意味だ？
フクダ――何？
アオヤギ――……（マリーに）おまえ、まさか。
マリー――何？
アオヤギ――んなこたねぇよな。
マリー――何よ。
アオヤギ――この期に及んで客なんかとってんじゃねぇだろうなと思ってさ。
フナキ――アオヤギさん、心配することたねぇよ、あのガキは客じゃねえ。

アオヤギ――そうかい？
フナキ――昔ここらへんで遊んだことがあるってだけのことらしい、遊んだってのは、かくれんぼとかそっちの方の遊びな。
アオヤギ――子供の頃って意味かい？
フナキ――そう、そう。
アオヤギ――（ふんふんと一旦納得するが）……それが、なんでこんな時間に。
フナキ――若いんだ、時間なんて、あってなきがごとしだろ。
アオヤギ――……。
フナキ――（アオヤギの肩をポンポンとたたいて）追い風が吹いてきたんだ、ここでジタバタすることないよ。
マリー、新聞を音高く閉じて歩き出す
アオヤギ――（そのマリーを気にしつつ）オレはなフナキ、こいつ（マリー）の気持ちがちゃんとこっち向いてくれなきゃイヤなんだよ。追い風は追い風でアレなんだけど、まあ、自分の実力でアレしたいって感じ？　え？　追い風ってのはアレだろ？　その、田宮のことだろ？
フナキ――もちろん。
アオヤギ――病院ったって、どういう状態かもわかんねえしな、まだ……。
フナキ――強気、強気。宝くじあてた男でしょ？
フクダ――何ですか、宝くじって。
マリー――何してんの？

マリーは、フナキがナオヤのぶどうを食べていたことを言っている

フナキ――え？

マリー――誰のぶどうよ、それ！

フナキ――いや、ここにあったから。

マリー――食べるの!?　ここにあれば、誰のものでも!?

フナキ――あんたのかい？

マリー――知らないわよ、そんなこと！

フナキ――ちがうんだろ？

マリー――じゃあ、誰のよ。

フナキ――いや、そこまでは考えてねえよ。

マリー――あれば食べるってことでしょそれ、誰のものでも！

フナキ――話を複雑にするなよ、オレはただ……。

マリー――ただ何よ。

フナキ――……。

マリー――ただ何よ！

マリーが激した理由をのみこんだフナキ。苦笑いして、むしろマリーから離れる。

マリー――ちょっと待ってよ。どうして最後まで言わないの!?

フナキ――謝るから、一件落着にしてくんねえか。

マリー——謝るからって——。

フナキの胸ぐらをつかもうとしたマリーを止めに入るアオヤギ

アオヤギ——おい、マリー。

マリー——（それを振り払って）触らないで！

アオヤギ——……。

マリー——……。

フナキ——（ハンカチを出し、それで手を拭きながら）ハンカチがこんな色だから、ぶどうの色と混ざっちまう……。

フクダ——これは、これに入ってたんでしょう。

フクダ、ぶどうをコンビニの袋にいれる。

アオヤギ——だ、誰のだ……それ。

フナキ——むしかえさないでよ、オレの体がちぢんじゃうじゃない。フフ……。

フクダ——私、そろそろ。

マリー——（チラと見るだけ）……。

フクダ——（アオヤギに小声で）何？　宝くじあたったの？

アオヤギ——るせぇよ。

フクダ——んもう……。（とひじでこづく）……いくらよ。

アオヤギ——関係ねえだろう、あんたに。

フクダ――気になるじゃないの……（フナキに）いくらあたったの？
フナキ――え、オレに聞くの？
フクダ――知ってんでしょ？

マリーはぶどう入りのコンビニの袋をもち、二階のベランダに吊るしてある鳥かごを見て、そっちに行くために階段をのぼりはじめている。

アオヤギ――マリー。
マリー――え？（止まって）
アオヤギ――いや、その……オレは別に追い風とかそういう風には考えてないからな……オレの気持ちは、おまえもわかってくれてるとおり、その、何ら揺らぐことはない。つまり、風がどっちに吹こうともだな、
フナキ――アオヤギさん。
アオヤギ――何？
フナキ――ダメダメ、そういうこと言っちゃあ。
アオヤギ――どして？　なんで？　何を？
フナキ――ホラ、のぼってるもん。

実際マリーは、またのぼりはじめた

アオヤギ――マリー！　わかってるさ、おまえがその、た、田宮ってヤローに、恩義を感じてるってことは。だけどオレに言わせりゃ、所詮おまえはかこわれてたってだけのことだ。だって、この南

平台に、女房と子供のいる家がちゃんとあるんだからな。おまえ、あいつの居場所がわからなくなって、少しでもあいつの家の近くに、そう思って、こんなところに、そういうことだってわかってるよ、オレは。

マリー――そうなの？

アオヤギ――そうなのって……え？　そりゃどういうことだ。

マリー――私はそういうことでここにいるの？

アオヤギ――やめてくれないか、そういう言い方。

マリー――だったら、そう思うことにする。

アオヤギ――もっと、こう、ぶつけてくれよ、おまえの全部を、オレ受け止めるから。おまえが悲しいなら、その悲しみを、おまえが苦しいなら、その苦しみ――、（下を見て、思わず）た、高いな……オレ、ダメなんだよ、高いとこ。

フナキ、ため息混じりに

フナキ――そっか……まずかったか、ぶどう食ったの……。

フクダ――好きなの？　ぶどう。

フナキ――うん……どうだか。

フクダ――嫌いじゃないけどって感じ？

フナキ――フフ……。

フクダ――あるでしょ？　そういうの。

フナキ――あるね。
フクダ――積極的に好きって言うほどじゃないけどってアレよね。だって、世の中のかなりのものがそうだもの、私にとって。
アオヤギ――(マリーに) 何してんだ?
　マリーは、吊ってある鳥かごを見ていたが
マリー――(言われてそれを避け) 見てた……。
アオヤギ――……。
フナキ――アオヤギさん!
アオヤギ――え? なに!?
フナキ――オレ、そろそろ行くけど、いいかい?
アオヤギ――ちょっと待てよ、オレまだこういう状態だしさ、(階段の上の方で、手すりにつかまり、腰がひけてる状態)
　マリーは、二階のある部屋(ケンイチの)のドアをあけ、中を見ると、ゆっくりその部屋に入ってゆく。
　フナキは、それを見ると、自分はマリーの部屋の入口に行き、中を見る。
アオヤギ――まったく、どういう奴が住んでたんだ、こんな家!
フナキ――あれは孔雀か?
フクダ――でしょう、カラフルな尾長鳥って感じもするけど……水を飲んでるわね。
フナキ――……。

フクダ――でも不思議。
フナキ――何が？
フクダ――だって、この同じ時間に、病院でもしかしたら今にも死ぬかもしれないって人が苦しんでるわけでしょ？
フナキ――高いところで腰ぬかしてる人だっているよ。
フクダ――ああ、フフ……あなたって、ホントにさめてる。
フナキ、部屋の中に入っていく
フクダ――ナニ？
フクダ、チラとアオヤギの方を気にして中に入ってゆくが、すぐにフナキは出て来る。手に女物のコンパクトを持って
フナキ――何だこれ。
フクダ――コンパクトよ。
フナキ――化粧する奴か……。
フクダ――落ちてたらしいわよ、この部屋に。気に入ったから使ってんだって。
フナキ――彼女が？（とマリーのこと）
フクダ――やだ、彼女って……。
フナキ――何？
フクダ――あんまり聞かないもん、彼女なんて言い方……。

フクダ、フナキの手からコンパクトを取りあげ、それを開いて、自分の顔を見る。

フナキ――ここの住人だった人の持ち物ってことかな。
フクダ――でしょう。なんかのスキ間に落ちてたって。やだ、口紅がむら……。
フナキ――……。
フクダ――一家離散だって話も聞いてるわ。この家《いえ》のことよ。だって、これだけの家《うち》……ねぇ。見た目うるさいでしょ、すでに。
フナキ――一家離散？
フクダ――聞いてみたのよ、昼間、そこらへん通ってる人に、なんか新興の船会社の社長さんだったらしいわよ、一時はホント羽振り良かったらしいんだけど、何でも、息子さんが？　なくなって？　ううん、それとは関係ないらしいんだけど、会社の方も、こうなって（手で下降線を描き）……いずれにしてもアレでしょ……なんて言うんだっけ、そういうの……成り上がりか……。
フナキ――（コンパクトを）それ、むこうに置いといた方がいいんじゃないの？
フクダ――（フナキを見て）……。
フナキ――何？
フクダ――気があるんでしょ。
フナキ――え？
フクダ――彼女だなんて……。

フナキ、フクダの手からコンパクトを取って、元のところに戻しにゆく

フクダ――教えてあげるわよ、聞きたいことあるんだったら、彼女のこと。

ウェルテルがチ・チと鳴く。

そのウェルテルに近づくために、手すりにつかまりながら、二階の廊下にまでたどりついたアオヤギ。その間に、フナキがマリーの部屋から出てきていて

フナキ――おっ、アオヤギさん！　のぼったね！

アオヤギ――う……。

フナキ――ダメよ、下見ちゃあ。

アオヤギ――(震え声で)見ねぇよ、だってオラ、こいつ(ウェルテル)見てんだから。今鳴いたろ？　鳴いたよな。

フナキ――鳴いたね。

フクダ――立ちんぼやってたんだよ、元はと言えば。

フナキ――え？

フクダ――彼女さ。初耳？

フナキ――いや。

フクダ――そう……女も拾われしだいだってことよね、だって、もとはただのチンピラでしょ、客とらせてた男ってのが結局今も行方不明らしいんだよ。そいつが捕まってりゃ今ごろこんなことにはなってないんだろうけどさ、捕まるってのは組のもんにだよ。

フナキ――聞こえるんじゃねぇか？

フクダ――聞こえたら聞こえたでいいわ。
フナキ――そんなこと言って、あんた金もらってんだろ？　彼女に！
フクダ――また彼女だって……。
フナキ――……。
フクダ――田宮さんがこういうことになっちゃこの先、どうなるかもわかんないでしょ。
アオヤギ――（鳥を見ながら）なるほどな……。

フナキとフクダ、アオヤギを見あげる

アオヤギ――こうやって生きていけってことだよ、（鳥の動きに合わせるように）関係ない、関係ない、あなたと私は関係ない……（下を見て）フナキ！　オレは無理だろ、おまえにもいろいろ相談にのってもらったけどさ。向かねぇもん、マリーの心が、オレの方にさ。
フナキ――大丈夫なの？　下見て。
アオヤギ――不思議なもんだな、心ひとつで足のふるえも止まった。事ここに至って思うことはだなフナキ、オレの人生、すべてが悪循環だったんじゃねぇかってことだよ。夢ン中で走ってるような感じよ、足が、手が、走るためにうまく機能しねぇのさ……あれさ、おかしいよな、なんで同じ夢何度みても気づかねぇんだろうな、だって、こうやって走ろうとして走れねぇの、夢だろ？　走ろうとして走れねぇ間に気づきゃいいじゃねぇか、これは夢ですって、夢だから、走っても無駄ですよって、ああ、わかんねぇ。わかんねぇ、わかんねぇ！（二人を指して）皆さんの中にいますか？　あ、夢だから走んのやめたって、夢の中で走るのやめた人。OK、OK、ノーリプライ。（また鳥に）関係ない、あなたと私は関係ない……あなたはあなた、私は私、どこまで行っても——、（急に憎しみがわいたように）何ぬかしとんじゃ、おんどれ——。

体をのばし、鳥かごとつかまえようとした時、後方のドアが開き、何かにおびえたようなマリーが出てくる。

アオヤギ——マリーが見える！

バランスをくずし、手すりから下へ落下するアオヤギ。

アオヤギ——あ、あ〜ッ！

かけ寄るフナキとフクダ

見おろすマリー。

フナキ——アオヤギさん。

アオヤギ——オレ今落ちたろ⁉

フナキ——落ちたよ。

アオヤギ——わかったよ、落ちたの。

フナキ——オレだってわかったよ。

フクダ——大丈夫なの⁉

アオヤギ——いててて……！　くそっ、痛ぇよ。

フクダ——だって音がしたよ、ボコッて、

フナキ——動く？　手とか足とか。

アオヤギ――……。
フナキ――動くの!?
アオヤギ――うごかねぇ!!
フクダ――たいへんだ……!

フクダ、出ていこうとする

マリー――どこ行くの!?
フクダ――救急車を!
マリー――ここに?　ここに呼ぶの!?
フクダ――……。
マリー――やめて、ここに呼ぶのは。
アオヤギ――夢じゃねぇだろ?
フナキ――痛いだろ?
アオヤギ――痛いよ。
フナキ――夢じゃないよ。(フクダに)何してんの?
フクダ――いや、だって……。
フナキ――山手通りに止めてもらえばいいだろ、着いたら、こっちから運んでゆくから。

フクダ、出てゆく

マリー、階段を降りて来る時、すすきの方を見る。と、そこにナオヤが――。

マリー――……！

ナオヤ――何？

マリー――今、そこに……いたの、おばあさんが……上の部屋の窓から見えた……。

ナオヤ、あたりを見る

アオヤギ――フナキ！

フナキ――いるよ、ここに。

アオヤギ――このままか、オレは！

フナキ――（マリーに）ベットかりていいか？

マリー――え？

フナキ――ベットを。

マリー――（うなずく）

フナキ――（ナオヤに）おい、手伝ってくれ。

ナオヤ――（近よって）どうしたの？

フナキ――あそこから落ちた。

ナオヤ――（上を見て）え？

アオヤギ――夢だよ、これは、手と足が機能しねぇもん。

フナキ――えらい、えらい。痛いって泣くかわりに、ちゃんと病状をしゃべってる。

アオヤギ――（泣きつつ笑いながら）ほめてんのかけなしてんのかはっきりしてくれ！

フナキ——けなすわけないじゃない。
アオヤギ——ほめてるって言うのさ！　そういう時は！
フナキ——今横になれるから。
アオヤギがマリーの部屋に運ばれる間、マリーは、すすきの方も気にしてる。
部屋からナオヤだけが出てくる。
ナオヤ——（ぶどうがないので）あれ？　ここにぶどうが。
マリー——それ……だから二階に。
ナオヤ——二階？　どうして？
マリー——どうしてって……むずかしいな。
ナオヤ——（マリーの言ったことを再確認するように、すすきの方を見、そして二階を見あげて）……え？
マリー——行ってみたのよ、あなたのお友だちの部屋に。おあいこでしょ？　あなたは私の部屋に入ったんだから。
ナオヤ——キミの部屋じゃないだろ。
マリー——じゃあ誰の？
ナオヤ——……。
マリー——ケンイチくんのお母さん？
ナオヤ——……。
マリー——（急にすすきの方が気になり、そっちに行き、あたりを見る）……。

ナオヤ、階段をのぼろうとする

マリー――待って！

ナオヤ――何？

マリー――（止めた理由がよくわからず）……え？　ぶどう？

ナオヤ――……。

マリー――だったら私が……だって私が置いてきたんだから。

ナオヤ――どうしてケンイチくんの部屋に入った？

マリー――（ちょっと考えて）結果からいわせてくれる？　窓からここが（すすきのあたり）見えた……で、そこに……ここに……（形容しがたく、ただ）おばあさんが……。

ナオヤ――どんな？

マリー――何？　おばあさん？

ナオヤ――ああ。

マリー――（また考えて）……だから、年をとっていて……。

ナオヤ――あたりまえだ。

マリー――あ、そ、そうね……年は、そう、とっているからおばあさんなのよ。

ナオヤ――顔は？

マリー――顔？　顔は……。よく見えなかった……ただ、黒っぽい服を着て……。

ナオヤ――……。

マリー――ちょっと待って、何だっけ？　そう今、結果を先に言ってるのよね……原因、原因を言わなきゃ……。（ナオヤを見て）……何？

ナオヤ――今病院に行ってきた……田宮って人が運ばれたって病院……教えてくれたんだ、あの近くにいた人が……亡くなったってさ……病院で。

マリー――……。

部屋からフナキが出てくる

フナキ――ご愁傷様か？　こういう時は。

マリー――（おどろいて振りむく）……！

フナキ――（アオヤギの方をチラと見て）フフ……病院ばやりだな……。

ナオヤ――子供の頃、行ったことのある病院だった……大橋の、ちょっと裏に入った。

フナキ――東邦医大だろ、そりゃ、（右手でもてあそんでいたコンパクトを）いけね、いけね、こんなものを……。（戻しに行こうとするのを）

マリー――（取りあげて）

フナキ――……。

マリー――この人（フナキ）からぶどうを遠ざけるためよ、だって、そこらへんにあるものだったら、誰のものでも食べてしまうって人なんだもん。こうやって、人のものを勝手に持ち出す（コンパクトのこと）しね。私は隠す必要があったのよ。

ナオヤ――……。

マリー――原因よ、あの部屋に入った原因。
フナキ――あんたのだったのか、あのぶどうは。いや、オラ別に――。
マリー――食べたでしょ!? パクパクパク!
フナキ――食べたよ、食べたけど、そのパクパクってのは……。
マリー――じゃあ何!? ピチャピチャ!? モグモグ!? パックンパックン!? あ〜!

マリー、泣きくずれる

フナキ――悪かったな……いや、ほんの二、三つぶなんだよ。
ナオヤ――プレゼントなんだ……友だちにあげる……。
フナキ――友だち?
ナオヤ――いなくなったんだ、さっきここにいたのに……だから、捜してる……。
フナキ――間に合うか? 今から新しいの買ってくるんで。
ナオヤ――わかんないかな、二、三つぶだったら。
フナキ――いや、四、五つぶかもしんない。
ナオヤ――四、五つぶ……。
フナキ――五、六……七、八つぶってこたないよ。

急に、その話題は途切れ

ナオヤ――(ポケットから二千円出して)これを返しに来たんだ、借りてたから、オレ、誕生日だってこと忘れてて、だから、あわてて買いに行った……。

フナキ――二千円……？
ナオヤ――あ、これ？　これはそう、オレが姉貴にＣＤ頼まれてたのに、それ使いこんじゃって、ハハ……それで貸してくれたの。
フナキ――どこ行ったんだ、その友だちは。
ナオヤ――……。
フナキ――え？
ナオヤ――（腕時計を触って）……この時計を……この時計は、その友達のお母さんに買ってもらったんだ。
　ナオヤ、マリーに笑いかけようとする。が、マリーは、すすきのあたりに、すでに移動していて
ナオヤ――（そのマリーに近づいて）オレそんなところに立ってないのに、急に自動ドアが開いて……で、中から看護婦さんが出てきた。だから聞いたんだ、「田宮さんて人は？」って。「救急車で運ばれたはずですが」って、そしたら――。
マリー――いいわ、もう。
ナオヤ――……。
マリー――（自分の手を見て）……皮がむけてる……。（階段を見て）……さっき降りてくる時、手すりでアレしたんだわ……。
ナオヤ――（階段を見て）……。
マリー――……。
ナオヤ――好きだった人？

マリー――え？
ナオヤ――その――、
マリー――（少し笑って）そういう聞き方するの？　明日は嫌いになるかもしれない人間のことを。
ナオヤ――……。
マリー――きょうは何日？
ナオヤ――え？
マリー――わかるでしょ？　友達の誕生日なら。
ナオヤ――一八日……一一月一八日。
マリー――がはじまるのね？
ナオヤ――そう。一七日だから誕生日は。

ナオヤは、マリーの手にあるコンパクトを見た

マリー――っと、そう、ぶどうよ。

マリー、階段をのぼり出す

ナオヤ――いいよ、今は！
マリー――（止まって）それ、どういう意味？
フナキ――買ってこよう。

フナキ、出てこようとして

フナキ――（アオヤギのことを気にしたが）いや今はぶどうだ。

出てゆくフナキ。しばしの沈黙ののち。

ナオヤ――最後まで言うよ、さっきの、だから看護婦の……「救急車で運ばれたはずですが」ってオレは言った。看護婦は「ああ、ヤクザの」って言った。「円山町の交番の裏で撃たれたんです」とオレが言うと「そうなの?」って看護婦は言った。桃色のカーディガンの前をこう……合わせながら、オレの靴を見て、それから顔も見た。寒いから話しかけるなってことだったのかな……だったらそうすればいいわけだろ? あったかいところに行くなりなんなり……でもオレのことをジロジロ見たんだ……そしてこう言った。「死んだわよ」オレは急に……何だか……体中があつくなった……寒そうにしている看護婦のことがバカみたいに見えた……何をこの女は寒そうなふりなんかしてるんだろうって……「あんた、どういう関係なの?」て看護婦はオレに聞いた。「関係ねぇよ」オレはそういって走ってきたんだ。

マリー――……。

ナオヤ――どういうことなんだよ、明日は嫌いになるかもしれない人間のことって。

マリー――ヤクザじゃないわよ。撃ったのはヤクザかもしれないけど。

ナオヤ――……。

マリー――だからその看護婦は、よくわかってないってことになるわね。ヤクザ同士のケンカとでも思ったんでしょう。まあ、似たようなもんか……え? ちがった? そういうこと聞きたいんじゃなかった? あ、そか、明日は嫌いになる、ね……だって、そうじゃない?明日は嫌いになるでしょう?

ナオヤ――今日は好きでもってこと？
マリー――そうね、そしてあさっては中くらい？　それとももっと嫌いになる？
ナオヤ――オレは聞いてる方だよ。
マリー――別に質問してるわけじゃないわ。

間

ナオヤ――ずっと好きだってことだってあるさ。
マリー――……。
ナオヤ――好きだったから、そういう言い方するんだろ？　だから、その田宮さんて人のことをだよ。
マリー――ちょっと待って、意味がわかんない。
ナオヤ――もちろん明日は嫌いになるかもしれないさ、でも、その明日がこないんだよ、ずっとその明日にならない。つまり、ずっと、好きなままだってことだよ。
マリー――(うなずいて) ああ……それは……。
ナオヤ――何？
マリー――ちょっと考えさせて。
ナオヤ――ホラ、そのとおりだからだろ？　だから考えるんだろ？
マリー――何を言ってるの、あなたがこたえにくいこと言うからじゃない。え？　明日が来ない？　どうしてそんなこと言うの？　実感？　あなたの。
ナオヤ――明日って言葉を使ったのはそっちだろ!?

マリー――そうよ。
ナオヤ――だからオレは、そういう言い方しただけだよ。
マリー――だからじゃないわ、だからじゃない、あなたが言ったのは。明日がこないからずっと好きなまま、私そんな好き地獄、経験したことないもの。いい？　明日は来てるのよ、すでに。明日のことを思ったら、その時からすでに。そうでしょう？
ナオヤ――（マリーをはずそうとする）
マリー――（ので、ナオヤをつかんで）こたえて！　ホラ、こうやってすでにはじまってるでしょう、あなたを嫌いになることが、嫌いになる明日が。
ナオヤ――（つかまれてるの振り払って）嫌いになればどうなるって言うんだよ！
マリー――（振り払われて）……安心するわ……安心するのよ、……あなたの目を見る……ああ、この人も嫌いになってる……で、安心するわ。
ナオヤ――（マリーを見て）……。
マリー――ね、これが明日よ。

間

ナオヤ――オレは田宮さんじゃない……だから今の話は……。
マリー――今の話は？
ナオヤ――変だ……。
マリー――どうして？　どこが変？　じゃあ教えて。あなたの実感を。

ナオヤ——実感？

マリー——明日がこないからずっと好きなまま——、その実感よ。

ナオヤは、すすきの方を見て、そちらに歩こうとするが、すぐにやめ、二階を見て、階段に向かおうとするが、これもすぐにやめ、ただ、あたりをさまよう。そして、立ちどまると、マリーの手にあるコンパクトを見る

ナオヤ——……。

マリー——何？

ナオヤ——どうしたの、それ。

マリー——（コンパクトを見る）……。

ナオヤ——ケンイチくんのお母さんのだ。

マリー——（部屋のほうを見る）

ナオヤ——使ってた……。

マリー——そっか……そういうことになるのか。

ナオヤ——……。

マリー——拾ったのよ、あの部屋で。ホラ、これ。

ナオヤ——（見て）……。

マリー——ずっと気になってたのね、さっきから。

ナオヤ——いや……。

マリー――嘘、気になってたのよ。
ナオヤ――気になってたわけじゃない……ただ、もしかして、そうかなって……。
マリー――……。
ナオヤ――ちがったらちがったでよかったたってことさ。
マリー――そう……（さらに見せて）これよ。ちがう？
ナオヤ――……。
マリー――どうなの？

鳥かごのウェルテルがチ・チと鳴く。
それを見て、さりげなくその場を離れようとするナオヤ。
マリーは、その手をつかんで――、

マリー――ちがうわ、こっちよ！
ナオヤ――何をするんだ！
マリー――なぜ言わないの!?　これはケンイチくんのお母さんのだって！
ナオヤ――言ったろ!?　言ったじゃないか、はじめに！
マリー――何て？
ナオヤ――ケンイチくんのお母さんのだって！
マリー――ううん、ちがう！　あれは言ったんじゃない。少なくとも私に向かっては言わなかった。
ケンイチくんのお母さんのこれを拾って持ち歩いてるこの私に向かって、それはケンイチくんのお母さんのだ！　とは言わなかった！　その証拠に、このあとも、私は、何の問題もなく、これを持ち歩く！　私は私に言われてないから！

ナオヤ――バカ!!

ナオヤ、マリーをつきとばす

マリーの手からコンパクトが飛ぶ。

ナオヤ、強くつきとばしたことにひるんで

ナオヤ――……つかむからだ、オレの手を……。

マリー――……。

ナオヤ――つかんだだろ、オレのここを。

マリーが動かないので心配になったナオヤは、マリーに近づく

ナオヤ――痛いの……？

マリー――（少し動く）

ナオヤ――（ので、少し遠ざかり）……痛いじゃないか、あんな風につかまれると……。

マリー――……。（また動かない）

ナオヤ――動けるんだろ？

マリー――……。

ナオヤ――今、動いたよ、だから動けるんだ、動いてみろよ。

マリーの部屋から、アオヤギのうめき声

ナオヤ――その声を振りかえったナオヤの中に、さらに不安が昂じて、マリーに近づくと

（マリーの体をこづくようにして）動け……動け……（動かないので苛立ち）動け！　動け！　ホラ、動けっつってんだろ！（乱暴に）

マリーが動いたので、その体から遠ざかるナオヤ

ナオヤ――バカ！　動けるんだったら、はじめっから動けばいいんだ！

マリー――……。

ナオヤ――おまえが動かないからオレは――、オレは――。

すべてから遠ざかるようにあとずさるナオヤ

風にススキがゆれる。

それを見るナオヤ、そしてマリー。

ナオヤ――……ケンイチくん……？

少しずつ、すすきの方へ歩くナオヤ

ナオヤ――ケンイチくん!?　捜してたんだよ！

すすきのあたりにくるナオヤ

マリーの部屋から、アオヤギの「だれかぁ」と言う声。ナオヤは、その部屋の入口まで行き、中を見て

ナオヤ――……。（いない）

ナオヤ――（むしろ微笑んだ顔をマリーにむけて）……フフ……生きてる……。

アオヤギの声　フナキ～ィ！

ナオヤ――(誰に言うともなく、しのび笑うようにして)だって、ぶどうを買いに行ってるじゃないか……(アオヤギのうめき声をおかしがって)フナキ～ィ……ハハ……。

マリー――(すすきの方を見ている)……。

ナオヤ――(それに気づいて)……風が吹いただけだ……。

マリー――(ナオヤを見る)

ナオヤ――(その視線を受け止めかねて)……ちがうんだ……ケンイチくんは、オレがあの部屋に入ろうとしたことを……いや、もちろん言ったさ、そこにケンイチくんがいるんじゃないかって思ったからだって……でも、そうじゃないだろうって言うんだ……キミも見てたろ？　オレがあの部屋に入っていこうとしたの、だから言ったよね、ケンイチくんを捜してるって……ああ、キミがあの時、証言してくれればよかったんだけど……しょうがないや、いなかったんだから……。(腕時計を無意識に触って)

マリー――……。

ナオヤ――わかんないかな、だから、ケンイチくんは、オレに怒ってるってこと！　そういうことでもあるんだよ。んーと、だからオレが、ケンイチくんケンイチくんて、変にがっついて捜したりしないのは。いい具合に時間をおかないとさ。あ、これ(腕時計)？　これは、言わなかったっけ？　ケンイチくんのお母さんに買ってもらったんだよ。(なつかしむように笑って)物欲しそうな顔して見てたんじゃないの？　あそこのセンター街、じゃなかった、道玄坂のちっちゃい店でさ、そしたらケンイチくんのお母さんが、こう、オレの手にあてててさ、似合う

マリー――似合うとか言って……。

ナオヤ――……。

マリー――あ、そか……それも怒ってたんだ、ケンイチくん。お母さんがオレにだけ買ってくれたりしたから……まいったなぁ、こんな時計してくんじゃなかったよ……。（鳥かごの吊るしてあるあたりの手すりを見て）よく花をかざってた……あそこらへんに……赤いゼラニウムの花をいっぱい……。

ナオヤ――誰が？

マリー――だからケンイチくんのお母さんがだよ。「この花はね、冬を越してもさきつづけるのよ、ちゃんと寒さをしのぎさえすれば」とか言っちゃって……あの手すりのところに――。

といって、階段をのぼっていこうとして途中で、ふと、止まり。

ナオヤ――……。

マリー――何？

ナオヤ――疑ったりしてないよね？　今オレが言ったこと……。（急に顔をおおって泣く）……ゴメン……痛くするつもりじゃなかったんだ……キミがあんまり動かないから……オレは……もうあんなことはしないよ……しない……絶対しないよ……どうしてかな、こわいんだ……ケンイチくんがホントに怒ってるんじゃないかって思うと……だってオレはホントにあそこ（マリーの部屋）に、ケンイチくんがいると思ったんだ……嘘じゃないよ、ホントに、あそこにケンイチくんがいると思ったから！

マリーは、ゆっくりナオヤに近づいて

マリー――私のせいよ。私が明かりをつけていたから……もちろん、証言するわ……そうすると誰かが傍聴席みたいなところから「おまえは勝手にあの部屋を使っていたのか！」って言うかも。そしたらフクダさんに証言してもらう。「この人は私が管理人をやってるマンションに部屋があります」って。「じゃあ、どうしてあんなところにおまえはいたんだ」ってまた誰かが言う。私は言うわ、「たまたまよ」……フフ……法廷中がざわめく、（ざわめきのように）たまたま、たまたま、たまたま、（とくり返し）……静粛に！　裁判長の声がひびくわ。証言者つづけて。私は、あなたとケンイチくんがどんなに仲のいい友達同士だったかを証言する。証拠品として一枚の写真が提出される。それは、そうね、大切な文庫本の間にはさんであったはずよ。

ナオヤ――（マリーを見る）……！

マリー――ふたりとも、こうやって（格闘技の構えのような）カメラを威嚇してるの。敵に対しては、いつでもタッグを組むぜって感じの写真よ。

ナオヤ、マリーから身をひくようにしてバッグを引き寄せる

マリー――だって、誰のものかわからなかったから……。

ナオヤ――（バッグを胸に抱く）

マリー――寒いの？　それとも寒いふり？　例の看護婦みたいに。

ナオヤ――あんな奴の真似なんかしないよ。

マリー――そう……寒いときはね、いい方法があるの……ちょっと原始的な方法だけど……。

マリー、ナオヤを抱こうとすると、ナオヤ、逃げる、階段を二段程上に。

マリー――寒いはずよ、もう一一月だもの……そして一二月、一二月が終われば新しい年がくる……明日、そしてまた明日……くるのよ。明日は確実に。冬を越すのはゼラニウムの花だけじゃない、私たちもそうだわ。

ナオヤ――嫌いになるんじゃ、明日が来たってしょうがないじゃないか。

マリー――そんなことないわ、そこからまた何かがはじめられるもの。

ナオヤ――……。

マリー――私たちは犠牲になってゆくだけよ、そうでしょう？　あなたが私のことを好きになる。私は明日あなたが好きになる人のために、今日のうちに体中にオクスリをぬるの、犠牲かぶれしないように……ね、わかっておく必要があるのよ、私は明日のための犠牲だって。明日、あなたを誰かに引き渡すための、もしかしたらとっても大切な犠牲の役をまかされてるんだって。

ナオヤ――嫌いだよ、キミの事なんか！

マリー――そう、じゃあ、私はもう誰かにあなたを引き渡せる。誰に？

ナオヤ――……。

マリー――その前に、あなたが引き渡そうとしないのは誰？　ケンイチくん？　ケンイチくんのお母さん？　あなたが犠牲になろうとしないから、明日をむかえようとしないから、いつまでも二人は待ってる、あなたが嫌いになってくれることを。そうじゃない？

ナオヤ――何が言いたいんだ!?

マリー――……。

ナオヤ――ケンイチくんが先にオレのことを、だからオレは――。

マリー――ううん、それは好きだった日のこと。私が言ってるのは明日、明日、明日のこと。来るんだもの、明日は確実に。……ホラ、あなたに嫌われてる私が、あたためてあげるから。

すすきが風にゆれる。

マリーは、それにおびえ、むしろ自分から、ナオヤに抱きついて

ナオヤ――……！

マリー――（すすきの方を見て）……誰？

ナオヤ――……。

マリー――つかんでて、私をしっかり。

ナオヤ――風でゆれてるだけだ……。

マリー――つかんでて!!

錯乱したようにマリーは、すすきのあたりにいき、先刻見たはずの老婆を捜す。「マリー」というアオヤギの声

マリーは、救われたように、その声の方に行き、入口からアオヤギを見て、中に入ってゆく。

今一度すすきが風にゆれる。

と、ケンイチの部屋のドアが開く。

ナオヤ――（それを見て）……！

誰も出てこないので、二階へのぼり、その部屋に入ってゆく

ケンイチの声――（その部屋で）……痛いんだよおまえに刺された傷が……痛いんだよちきしょ……。

あとずさるように出てくるナオヤ。

と、入口から若い女（トシミ）が入ってきている。

トシミ――あのう……兄がこちらにいるとうかがって……。

ナオヤ、階段を下りはじめる

トシミ――あ、アオヤギと言います、

ナオヤ――アオヤギ……。（マリーの部屋を見る）

トシミは、そこにコンパクトを見つけ

トシミ――（拾って）きれい……（ナオヤに）いえ、ここに落ちてました……誰の？

部屋から出てこようとするマリーのシルエットが、その窓に見える。

ナオヤ――……。

すでに朝ははじまっている。

暗転――。

3

昼間である。

はずまないデートという感じで、そこにいるのはナオヤとトシミ。はずまないのは、二人の状態があまりにちがいすぎるからだろう。

トシミ――偶然てさ、おそろしいと思わない？　ホントに、どう考えればいいのかわからないの、信号のない道路を横断する。私は歩いてるのね、横断したあとに、車がブワーッと走ってゆく。偶然よね、私が車にひかれずにすんだのは。だって、二秒遅くそこを私が横断していたら私は完全にひかれてるんだもの。
ナオヤ――……止まるだろう、誰かが横断していたら。
トシミ――車が？
ナオヤ――その前に、右を見て、左を見てってやってんだろ？　道を渡る時。
トシミ――ああ……私、なんかうまく伝えてないな……そっか、たぶん私は逆のことを言おうとしているわ。交通事故、これが偶然だって言い方はわかるでしょ？
ナオヤ――……。
トシミ――でしょ？　でしょ？
ナオヤ――だから？
トシミ――そう、だから、それを避けられているのも、同じくらい偶然だってこと。

ナオヤ――それがなんでおそろしいの？
トシミ――だって気が遠くならない？　めくるめく偶然、ごめんねこんな表現して、めくるめく偶然に、私たちはあやつられている、そうじゃない？
ナオヤ――……。
トシミ――ううん、きのうシブヤの街を歩いていて、ふと、そう思ったの……これだけの人と車が行ったり来たりしているのに、どうして、人も車も、うまくすれちがっていくんだろう？って……「ぐうぜん！」て叫びたくなったの、西武デパートの前で、フフフ……あそこ、井の頭通りって言うんでしょ？　おぼえちゃった。私、東京の大学に来るつもりなの、だから、徐々にね、そういう知識を。ねぇ、シブヤのどこで生まれたの？
ナオヤ――どこだっていいだろ。
トシミ――ふーん、そういう言い方するんだ、都会の子って。
ナオヤ――なんで方言しゃべらないんだよ。
トシミ――方言？　方言ねぇ……まぁ、私、若いし、演劇部だから自然と共通語になっちゃうの。
ナオヤ――演劇……。
トシミ――そう、演劇部、ただね、女ばっかりだから限られちゃうのよね、やるものが。ねぇ、今吐き捨てなかった？　演劇ッて。
ナオヤ――いや……。
トシミ――（笑いながら）被害妄想？

ナオヤ、ケンイチの部屋を気にする

トシミはマリーの部屋の方にいき、中をのぞいた

トシミ――(肩をすくめ)こわい……。

ナオヤ――(そのトシミを見て)……。

トシミ――あの鳥。

ナオヤ――……。

トシミ――(部屋から離れ)私も東京の人間じゃないってだけで、別にバカじゃないから或る程度はわかるのよ。あのマリーって人がどういう人かとか。兄がどういう風に利用されてるかとか。

ナオヤ――利用?

トシミ――そうよ、利用だわ。私わかってた、兄が変な女につかまってるって聞いた時、たぶんこういうことなんじゃないかって。兄は純粋に愛を求めたと思う。でもその見返りはお金。形だけとってみればありふれた話よ。兄がうちの財産に手をつけたのは、言ってみれば兄の危険信号だったのよ、われわれ家族に対する。ねぇ、どうしてしゃべらないの? 私って退屈?

ナオヤ――……。

トシミ――偶然の話をしたのはね、つまり、この(と二人を指して)偶然のことも言いたかったからよ、昨日までは想像も出来なかった時間を今私はすごしてるわ。ねぇ、嘘なんでしょう? あなたがあのマリーって人の客だって言うのは。

ナオヤ――……。
トシミ――じゃあどういう関係かっていうのが私にとっての問題っていえば問題ね。
ナオヤ――客だよ。
トシミ――嘘。
ナオヤ――フン、
トシミ――あ、今こそ吐き捨てた。
ナオヤ――おまえさぁ。
トシミ――何？　何？　何？
ナオヤ――少し黙ってろよ。
トシミ――ま……。
ナオヤ――（言い直して）黙ってて欲しいんだよ……。
トシミ――……。
ナオヤ――（ケンイチの部屋を気にしてから）わけわかんねぇよ、なんでわざあの部屋で――、だって話なら、そこ（マリーの部屋）で出来るわけだろ!?
トシミ――私のこと気づかったんじゃない？　年頃の娘に聞かせる話じゃないでしょう？
ナオヤ――……。
トシミ――気になるんだ……。
ナオヤ――（トシミを見る）

トシミ――マリーって人のことでしょ?
ナオヤ――ちがうよ、オレは、なんであの部屋で話す必要があるんだって言ってんだよ!
トシミ――だから、それは――。
ナオヤ――黙ってろよ!
トシミ――……。
ナオヤ――なんだよ、その目は。
トシミ――だって、そんな言い方……私、そんな言い方されるおぼえ、ない、(ハンカチを出して、目、鼻のあたりを拭く)

ウェルテルがチ・チと鳴く、
それは今、マリーの部屋の入口あたりに吊るしてある。

ナオヤ――(それに近づいて)ウェルテル……。(とその名前をおかしがるように笑う)
トシミ――私、きらい、小鳥飼ったりする人。

フナキが入ってくる。

トシミ――(フナキに気づいて)あ……。
フナキ――元気でしたよ。これで晴れて会社休めるとか冗談も言って。あ、そうだ、これ。デパートの開店待って、やっと。

ナオヤにぶどうを差し出す

ナオヤ――……。(受け取る)

トシミ――何ですか、

フナキ、ナオヤを見て、意味ありげに笑うので

フナキ――え、何？

トシミ――ぶどうですよ。

フナキ――ぶどう？

トシミ――オレ、勝手に食っちまって、この人のぶどうを、

フナキ――ふーん……。

フナキ、マリーの部屋をのぞく

トシミ――あ、上で。

フナキ――（ケンイチの部屋の方を見る）

トシミ――それも納得いかないみたい。だって話だったら、ここでも出来るだろって。（ナオヤに）ね。

ナオヤ――……。

トシミ――だから、年頃の娘である私に気をつかってでしょうって私は言ったの。

フナキ――（ナオヤに）それでいいかどうか、ちゃんと点検してよ。

トシミ――あ、ぶどう……。

ナオヤ――（別に点検しない）

フナキ――いくらか多目に買ってきたんだ、まあ罪ほろぼしってとこかな……。

トシミ――え？　勝手に食べたってどういうことなんですか？　私、ちゃんと理解できてない。

フナキ――理解されても困るんだけど。
トシミ――ただ、勝手に？
フナキ――ああ、まあ、そう、ただ勝手に。
トシミ――ふーん……。
フナキ――(上を見て) オレ、さっき、ちゃんと挨拶も出来なかったんだな……。
トシミ――父に？
フナキ――そう、そう、アオヤギさんのこと、ちゃんとフォローしようと思ってたのに……えぇっと、名前なんでしたっけ？
トシミ――トシミ。
フナキ――トシミさんか。アオヤギさんから時々話は。
トシミ――私の？
フナキ――ええ、まあ総じて、可愛いいって話だったかな。
トシミ――自信ないけど、兄の表現に見合うかどうか。さっそく誰かさんに嫌われちゃってるみたいだし。
フナキ――方言じゃないんですね。
トシミ――わ、また、それ。
フナキ――ああ、そうか、そういう話になったんだ、すでに。
二人、何となくナオヤのこと気にして

トシミ――でも、フナキさんの聞き方のほうが、やさしい。
フナキ――あれ？
見れば、ナオヤがぶどうをひとつぶとり出しては食べ、またとり出しては食べ、している。
フナキ――それ、あり!?　だってオレ、誰かにプレゼントするためのものだって聞いたぜ
ナオヤ――多すぎるからだよ。
フナキ――って……あ、そ。
ナオヤ――見るなよ、人が食べてるとこ。
フナキ――……。
ナオヤ――減らしてやってんだろ？
フナキ――いや、そりゃ確かに……。
トシミ――ん？　プレゼントって……誰に？
フナキ――（二階をアゴでしゃくって）彼女にでしょ、たぶん。
トシミ――マリーって人？
フナキ――そう、そう。
トシミ――……何のために？
フナキ――さあ、それは……。
ナオヤ――（ぶどうの皮を吐き捨てて）まずいな。
フナキ――まずい？

ナオヤ――まずいよ。だいたい、知らないくせに何言ってんだよ。
フナキ――何を？
ナオヤ――ぶどう！　誰にあげるためのものかってことだよ！
フナキ――（マリーのいる方を指さして）ちがった？
ナオヤ――ちがうよ。
フナキ――いや、だってオレ、あんなに怒られちゃったしさ、え？　じゃあ誰に？
ナオヤ――……。
フナキ――オレの知らない人？
ナオヤ――あんたとオレは知合いじゃないだろ！　あんたの知らない人間の方が多いに決まってるじゃないか！　その前に！　その前に、あんた、誰かにプレゼントするものって言ったよ、そういう風に聞いたって！　ってことは最初からわかってなかったってことだろ!?　誰にプレゼントするものか
フナキ――いや、いや、だから、オレの中ではその誰かが、彼女になってるってことさ。
ナオヤ――なのに、なんで決めるんだよ、他人の前で！　彼女にって！
フナキ――たぶんて言ったろ、だから。
ナオヤ――たぶんじゃないよ、あのたぶんは！
トシミ――どうして？　どうしてあなた、そんな言葉使いをするの？　年上のフナキさんに対して。信じられない。

フナキ――（トシミを制して）それは、まあ……そういうことはいいですよ……。
トシミ――私、悲しくなるの、何だか乱暴な言葉使い。乱暴、すべてが乱暴だわ。
フナキ――じゃあ、まあ、彼女にってことじゃないわけだ。それだけわかっただけでもよしとしとこう。

ウェルテルがチ・チと鳴く。
フナキ、近づいて、それを見る。

トシミ――じゃあ、誰に対する？
ナオヤ――……。
トシミ――プレゼントよ。

ケンイチの部屋のドアが開き、
まずマリーが、つづいてアオヤギの父が出てくる。

アオヤギの父――（上着をドアノブにひっかけそうになって）あぶない、あぶない。ひっかけてしまうところだった。
マリー――気をつけて下さい。
アオヤギの父――いえ、大丈夫です。ああ、トシミ、そこにいたのか。
マリー――（階段おりしなにフナキに気づいて）……びっくりした。
フナキ――あ……それは……反応のしようがないな……。

マリー、階段をおりると、そのまま自分の部屋に入ってゆく。

アオヤギの父――（マリーは部屋に）お入りになったのかな……。
トシミ――（小声で）どうなの、お父さん。（と、マリーの部屋の方を見る）

アオヤギの父―（心配しないでとばかりにトシミをたしなめ）大丈夫、大丈夫、わかって下さったから……。
フナキ―（アオヤギの父に軽く会釈）
アオヤギの父―（返して）
フナキ―さきほどはちゃんと挨拶出来なくて……フナキと言います。
アオヤギの父―ええ、もちろん。
トシミ―お兄ちゃんと同じ会社の人よ。
アオヤギの父―わかってるよ、何を言ってるんだ。
トシミ―だって、さっきはバタバタしてたから。
アオヤギの父―バタバタしてたって、フナキさんはフナキさんさ。ちゃんとわかってますよ。（フナキに）息子がいろいろと。
フナキ―いえ、いえ、こちらこそ。
それらを見ているナオヤ。
アオヤギの父―（ナオヤを見て）ん？　こちらは……？
ナオヤ―……。
トシミ―ホラ、わかってない！
アオヤギの父―え、こちらも同じ会社の？
フナキ―いえ、いえ、こちらは……何て言えばいいのかな……。
ナオヤ―客ですね、マリーの。

アオヤギの父―（必要以上に驚いて見せて）おっ、ホホホ……これは……都会の青年、ここにありって感じですね、ホホホ……。

フナキ―――（合わせて笑う）ハハハ……。

ナオヤ、マリーの部屋の入口に立ち、中を見る。（むろんマリーを見ている）

アオヤギの父―それにしても……。

フナキ―――……。

アオヤギの父―女房の奴はすっかり寝込んでしまいましてね、いいえ、あの田畑はもともと女房の側のアレだったもんですから。

フナキ―――ハア……。

アオヤギの父―いやあ、まいりました……。

フナキ―――意識も今は、ちゃんとしてますし、私の見た目にも、回復は早いんじゃないかと。

アオヤギの父―何がですか？

フナキ―――いえ、息子さん。

アオヤギの父―ああ、ハハハ、息子の状態！

フナキ―――ええ、息子さんの状態です。

アオヤギの父―痛い目にあわなきゃいかんのです、ああいう奴は。すべてはあいつのため、私はそう思ってますよ。

ナオヤ―――（見えないマリーに）いや……オレ歩いてくるから……。

ナオヤ、そこを離れ、三人の間をぬけていこうとすると

トシミ――どこへ行くの？

ナオヤ――……。

トシミ――私も連れてって。代官山。近いでしょ？　歩いてみたいの。

アオヤギの父―おい、トシミ。

トシミ――いいでしょ？　ちょっと歩いてくるだけ。

アオヤギの父―歩いてくるだけって……だって、彼は……。

トシミ――私たちもうお友だちになったの。ね。

ナオヤ――（父を見て、娘を見て）じゃあ、行く？　一緒に。

トシミ――感激。

アオヤギの父―ちょっと待ちなさい。

トシミ――大丈夫よ、お父さん。娘を信じて。

ナオヤ――お父さんも演劇部？

トシミ――どうして？

二人、出てゆく

アオヤギの父―……だって、息子を信じた結果がこれじゃないか……。

フナキ――客じゃありませんよ、あの子は。

フナキは、ナオヤの置いていったぶどうを見て、ひとつぶ手にとり

フナキ――ん？　これ食うと、オレはどうなるんだ？
アオヤギの父―客じゃない、ホントですか？
フナキ――ええ。
アオヤギの父―え？　ってことは？
フナキ――ちょっとした知り合いってことでしょう。
アオヤギの父―誰のですか？
フナキ――彼女の。(とマリーをアゴでしゃくり)……ああ、まあ、オレでもいいけど。
アオヤギの父―……。

間

フナキ――変な天気だな……。(と空を見る)
アオヤギの父―(つられて空を見て) ああ……。
フナキ――で、どういうことで落ちついたんですか？　あ、いけね、食っちまった。
アオヤギの父―あ、今、いきなり、ふたつの問題が、ハハハ……。
フナキ――また買ってくんのか……？
アオヤギの父―(神妙に) まあ、とりあえず息子からは手をひいて下さると……簡単に言えば、そういうことでしょうか。いえ、もちろんお金のことは、こちらが勝手にアレしたことですし……むしろ、上づみさせていただくような形で……あれ？　今急に……。(思い出した)……私のこと、演劇部かとか言ってませんでした？

フナキ――言ってましたね。

アオヤギの父―あらァ、どういうことだったんだ……？

フナキ――(戻して) 手切金……。

アオヤギの父―言葉はアレですが……まあ、私ども、お金より誠実なものは出せませんで……。

フナキ――ハイ……。

アオヤギの父―(少しく激して) そうでございましょう？　フナキさん、お金より誠実なもの、出せますでしょうか。口を出せば、のうのうと生きてきた人間のたわごとだと言われる。ならばと口数少なくうしろの方にまわり込んで目立たぬように、表情だって、いつ振りむかれてもいいようにこやかに、たえずにこやかにとつとめていれば、芝居なんかしやがってと陰口をたたかれる、こんなものですよ田舎の地主なんてものは。(さらに激して) 知らんのです！　誰も、まわりの百姓どもは、私がどんなに苦労をしているかなぞ！　言いたいことを言ってれば、それで何となく生きてるつもりになれるような連中にわかるものですか、私どもの苦労が。ええ、そうです、言いたいことも言えない、せんじつめればこれです、私どもの立脚点は。だってフナキさん、あいつら、親の代も、そのまた親の代も、金がない、金がないと言いながら、要するに貧乏に甘んじてきたんです。親の代も、そのまた親の代もですよ。一代がざっと五十年と見積もって三代ですから一五十年、一五十年も！一五十年もありゃ、どんな貧乏人だって、金持ちと呼ばれるくらいになるには充分な時間でしょう、ちがいますか？　一五十年やるから金持ちになってみろって言われてんのに、ならない。こうなりゃ、もう貧乏が好きなんだとしか言えません。でなきゃ、ここ(頭)がカラッポなんでしょ。だって金は欲しいと言う、なのに、金を手に入れるための努力も、アイデアも、心意気も、もちあわせようとしなかったんだから、一五十年このかた!

フナキ——(テキトーにうなずいて)……。

アオヤギの父—フナキさん、会津若松のわがアオヤギ家の玄関から奥の間につづくヒノキの廊下は、それこそ一五十年間ずっと、もちろん今も、黒く光りつづけていますよ。女房は毎朝、ぬか袋でその廊下を拭くんです。寒い冬の朝にはその女房の白い息が機関車の煙のように丸まった体のかげからたちのぼっています。私は女房のその姿を見るたびに、「私はちゃんと見ているよ」と心の中でつぶやくんです。この努力、そう、拭くためのよりよいぬか袋をつくるためにはアイデアがあります。私は知っています。女房がつまりそのアイデアに基づいてぬか袋をぬいこんでいることを。そして、あの機関車の煙、すなわち心意気! ここにはすべてがあります。女房のその姿には、譲り渡せない人間の尊厳を守りぬこうとするすべてがあります。「私はちゃんと見ているよ」そうつぶやく私ですが、なあに、にじんだ涙を見られまいとして、この私が逆に女房から顔をさけてるくらいですよ、ハハ……(急にいまいましい思いにかられて)その妻が、今は!……あのバカ息子が! 宝くじ?冗談じゃない!

フナキ——そうじゃなかったってわけですね。

アオヤギの父—何がですか?

フナキ――いえ、その、宝くじ。
アオヤギの父―あたりまえですよ、何が宝くじなもんですか！
フナキ――……。(話し合わせただけなのに)
　アオヤギの父は、おさまりがつかぬげに動き、そこらにあったぶどうをつまんで口に入れてしまう
フナキ――あ、それは……！
アオヤギの父―え？
フナキ――いえ、いえ……。
アオヤギの父―いいんでしょ？
フナキ――(何を根拠に)……。
　皮を中庭に投げ捨てては、またぶどうを口に運ぶアオヤギの父
　そして、ええいめんどうだとばかりに、房にかじりつく
フナキ――……。
　そして急にぶどうを置いて、胸ポケットから財布を出し、中に新幹線のチケットが入っているのを確かめ
アオヤギの父―あった……(フナキの手前)いや、新幹線のチケット……帰りの……今、急に……。(財布にいれたかなと)……入れてたんだ……。
フナキ――病院にはいらっしゃらなくてもいいんですか？
アオヤギの父―病院？　ああ、病院ね……。
フナキ――東邦医大病院ていう……ここから車で一〇分もかからないと思いますが……。

アオヤギの父──そう、そう、それですよ、その病院、まずいらしいですね、いえ、マリーさん、今行くとまずいから、お見舞いにも行けないんだとか……「まずいってのはどういうことですか」と私は聞きました。何でも知り合いがその病院に入院していて？　今そこに顔をだすと、渦中に飛び込むようなものだからって……私も深くは追求しませんでしたが、(声をひそめて)早い話が、息子はそれくらいにしか思われていなかったってことですよ。

フナキ──……。

アオヤギの父──(邸宅を見まわし)船会社の社長さんだったらしいですね。確かに努力とアイデアは感じる。だが、心意気が今ひとつだな……。

フナキ──誰にお聞きになったんですか？

アオヤギの父──ここのことですか？

フナキ──ええ、

アオヤギの父──フクダさん？　ホラ、マリーさんのマンションで管理人をやってらっしゃるとかいう……。

フナキ──ああ。

アオヤギの父──(さらに声をひそめ)その社長さんのコレ(小指をたてて)だったんでしょう？　あの人……。(とマリーを)

フナキ──え？　それもフクダさん？

アオヤギの父──いいえ、いいえ、それはカンですよ、カン。(ぶどうのこと)しかし、こんなものからお酒をつくろうなんて誰が考え出したんだろうな……。

フナキ——（マリーの方を気にして）……。
アオヤギの父—フクダさんがおっしやるには、フナキさん、あなたもまんざらじゃないって話でしたよ。
フナキ——え？
アオヤギの父—あの女……。（とマリーの方をあごでしゃくり）……ミイラとりはミイラになるってのがフクダさんの表現でしたけど……。
フナキ——ちょっと待ってください、オレは——、
アオヤギの父—大丈夫、大丈夫ですよ、あなたは息子とちがって宝くじなぞお買いにならない。
フナキ——その前に、そのぶどうなんですがね。
アオヤギの父—ハイ。
フナキ——それ、ちょっとまずいんですよ、勝手にそういう——。
アオヤギの父—だってさっき、あなたもお食べになった……。
フナキ——いや、私が食べたのは——。
アオヤギの父—田舎者は食べちゃダメだってことですか？　方言をしゃべる人間は食べちゃダメだってことですか？　私、方言なんかしゃべってませんよ。わが会津若松には二種類の人間がいます。方言をしゃべる人間と、方言をしゃべらない人間です。私は、はっきり後者なんです。
フナキ——（ハンカチ差し出し）拭いてくれますか、手を。
アオヤギの父—田舎者はハンカチを持っていないとでも？（自分のを捜す、が、ない）……た、たまたま……。
フナキ——使って下さい。

アオヤギの父—む、向こうを向いていてくれますか。出来れば、手から手へ渡るところを見られたくない。
フナキ——(向こうをむく)
アオヤギの父—フェイント、なしですよ。
フナキ——ハンカチが手から手へ渡り、あなたがそのハンカチで手を拭く間、私はこのままましゃべりますから聞いて下さい。
アオヤギの父—(ゆっくり手をのばす)
フナキ——そのぶどうは、さっきのあの男の子のものです。彼は、友だちの誕生日のプレゼントに、ぶどうを買ってきた……いや、二千円……を返すため……とオレには言った……おそらく、何かその……友だちとの間に……文字どおり精算出来ないものがあって……だから——。
(思わず振り向く)
アオヤギの父—(あわてて手を拭く)
フナキ——あ……、ええっと……、もうこのままましゃべらせて下さい、つまり……。
アオヤギの父—(ハンカチを返す)
フナキ——(受け取って)つまり——。
アオヤギの父—つまり?
フナキ——(自嘲的に少し笑って)ちょっとした敗北感ってとこかな……やつはもう忘れてた……オレにはっきり言ったのに……友だちの誕生日のプレゼントだっていったのに……もう忘れてた……しかもオレは、やつはきっと忘れているだろうと、思ってもいた……やつにはオレのことがどう見えているのか……。

アオヤギの父—誰ですか、その友だちってのは。

マリーが、部屋から出て、立つ。

衣裳が派手なものに変わっている。

マリー——(男たちに見られて)出かけたいの。

フナキ——どこへ?

マリー——病院。

フナキ——病院?

マリー——お見舞い。

アオヤギの父—だ、誰の?

マリー——……。

アオヤギの父—息子の?

マリー——ですね。

アオヤギの父—いや、しかし、さきほどは。

マリー——忘れてました。知り合いのほうは、もう亡くなっていたんでした。だから大丈夫なんです、私がお見舞いにいっても。

アオヤギの父—忘れるとは、そういうことではないはずです。少なくとも我が会津若松では。

マリー——何ですって?

アオヤギの父―いや……。
マリー――いやじゃなくて、今、何かおっしゃったでしょう？
アオヤギの父―少なくとも……ないはず……忘れるとは……。
マリー――ハイ？
アオヤギの父―そういうことでは……会津若松では……。
マリー――語順がバラバラじゃありません？　そのために意味がつかみにくくなってるような気がしますが、
アオヤギの父―我ながら今そんな気が。
マリー――言葉のお医者さんが必要？
アオヤギの父―あ、これは、ハハハ……。
マリー――ハハハじゃなくて――、必要？
アオヤギの父―うーん……。
マリー――だとしたら、お見舞いもかねて、病院を訪ねられてはと思ったんですが。
アオヤギの父―それは……（苦しいながらも話を合わせて）外科……整形外科……何科を訪ねればいいのか……（フナキに笑いかける）ハハハ……（驚いたように）おっ、タバコを吸ってらっしゃる！
フナキ――（実際、吸ってる）……。
マリー――あれ!?（と自分のタバコを捜して）……あった、あった……。（吸おうとすると）
アオヤギの父―亡くなった？　どういうことですか？　はじめっから、その病院に知り合いなんかいな

かったってことですか？　要するに、お見舞いに行かないというための方便だったと？で
今、何らかの心変わりで、行くことにしたと？　わからない、何のために、そんな嘘を——。
マリー——意味のない言葉を吐かないで下さい。
アオヤギの父—意味のない言葉……ありますよ、意味は。
マリー——どういう？
アオヤギの父—言ったとおりの！
マリー——じゃあごめんなさい、聞きのがしてます。
アオヤギの父—……。
マリー——私は忘れていたんです、先に入院していたはずの知り合いが亡くなったってことを。そう、
忘れてたの……どうしてだろう、忘れてた……もうずいぶん会ってなかったし……（フナ
キに）ねえ、どうして私は忘れてたの？
フナキ——忘れたかったから、じゃないの？
マリー——忘れたかった……嘘、嘘、そんな風に思えば、かえって忘れられなくなるのが人間だもの、
そうじゃない？
フナキ——……。
マリー——ちょっと待って。入院なんかしてなかったんじゃなかった？
フナキ——ああ。
マリー——でしょう！　そうよ、入院なんかしてなかった。え？　ってことは？

フナキ——病院にいる知り合いは、アオヤギさんだけだってことになるな。

マリー——じゃあ私は何の問題もなく、お見舞いにいけるってこと？

フナキ——とばかりも言えないだろう。

マリー——どうして？

フナキ——亡くなったその知り合いってのは、今朝、その病院で亡くなったばかりだからな。

マリー——……。

アオヤギの父—何ですか、それは。

マリー——なるほど、なるほど、だんだん思い出してきた……（急に天気のことを）曇ってる、今日は曇ってるわね。

アオヤギの父—え？　今朝？

マリー——ちがいます、ちがいます、今、曇ってるって話を。

アオヤギの父—（フナキに）なんですか、今朝亡くなった知り合いってのは？

マリー——（アオヤギの父の体をつかんで）ひどい！　どうして？　今は私と話していたはずなのに！

アオヤギの父—（むしろ、体をつかまれたこととその女っぽさに衝撃をうけて）……。

マリー——（それに気づき、手を離して）……だって、まるで、よけて通らなきゃならないぬかるみのような目で見られたんだもの……。（つかんだ時折れたタバコを触り）

アオヤギの父—私は……。

マリー——（折れたタバコを元に戻そうとして）

アオヤギの父――ただ聞きたかったから。

フナキ――――……。

マリー――――(しおらしく、ひたすらしおらしく)……今、わかります……私がどんなひどい仕打ちをアオヤギさんに対して、してきたか……誰かエライ人が言ってなかったっけ? 何かを大切なものだって気づくのは、それが自分の手を離れてからだって……今の私がまるでそれ。遅いの、私はいつも遅いの、いつも自分のそばにいてくれた人が、私に愛想つかして私から離れていってはじめて気づくの、結局のところ、その人は私のことをずっと支えてくれてたんだって。バカね、倒れそうになってはじめて気づくのよ、支えがなくなっていることに。でもわかるのはねフナキさん、私は確かにアオヤギさんにひどい仕打ちをしたかもしれない。だけどそれはアオヤギさんのことを嫌ったからでも、うとましく思ったからでもない、あの人があるがままの私を見ようとしなかったからよ。嫌われる定めにあるこの私に対して嫌いになる努力をしなかった。だからよ、だから私は、その私たちのどっかにある間違い、それに対して、いじわるな気持ちになって、カガミにうつる私の顔がちゃんとイヤーな女のイヤーな顔になってるように、それこそ私なりに努力したのよ。フナキさん、いたっけ? アオヤギさんがカガミにうつる自分の顔の話をしてくれた時、(返事を待たず)してくれたのよ、カガミを見る、そこにうつる自分、いい男だ、かわいい、だから明日も生きられるって。ああ、こうやって話しているだけでも……(感極まったように)。……つまりね、朝になれば射しはじめ、日が暮れるまで私たちにふりそそぐ光のことをアオヤギさんは言っていたのよ。私たちは、ただ、ただ陽の光に、いつくしみ育てられているだけだってことを。その恩恵をどうしておまえは忘れようとするんだって……ああ、でも、どうして今日は曇っているんだろう……誰かがこのまま、光のことは忘れてもらおうって言ってるんじゃないわよね……（中庭の上を指して）あれ、空でしょう？

フナキ――前線がウロウロしてんだよ、日本列島のまわりで。

マリー――前線？　前線て？

フナキ――うーん……どういえばいいのかな……要するに、高気圧と低気圧がせめぎ合って、そこに気圧の谷が出来るんだな、それがこう……。

マリー――どういうことになるの、そのせめぎ合いの結果は？

フナキ――どうしても雲が発生しやすくなる。だから、まあ、曇りの日が多くなる。

マリー――（得心したように）こわくないわね……そういうことわかってれば。でも……（と空を見て）なんか落ちつかない……あそこらへんでせめぎ合ってる人たちがいると思うと。

フナキ――人じゃない、空気だよ、せめぎ合ってるのは。

マリー――そっか、そっか……そうよね。

はからずもマリーとフナキがアオヤギの父を見ると、彼はちょうどぶどうを手にして、それを見ていた見られて、それを戻すアオヤギの父

マリー――（ぶどうを手に取って）何これ。

フナキ――オレが買ってきたんだ。

マリー――（二人の男を見比べるような）……。（そして）そっか……間に合わなかったぶどうね……だって、今朝、
死んでしまったんだもの……。
フナキ――……。
マリー――これ、アオヤギさんのお見舞いにもってってってもいい？
アオヤギの父―ちょっと待ってください。
マリー――……。
アオヤギの父―以後、息子には会わない、近づかないと約束して下すった、そうでしょう？
マリー――じゃあ、内緒で行きます。
アオヤギの父―いや、いや、内緒でって……それは内緒にならない。
マリー――会津若松では？
アオヤギの父―聞く耳もちませんな。
ここにフクダが
フクダ――あ……。（バツ悪そう）
アオヤギの父―（愛想よく）どうも。
マリー――何？
フクダ――いえ、いえ、ただ、様子を……ん？　娘さんは？
フナキ――東京見物らしい。
フクダ――（うなずいて）……。

フナキ――いいのか、マンションの方は。
フクダ――え、どういうこと？
フナキ――管理人の仕事だよ。
フクダ――ああ、まあ、ちょっとの時間だったら……（鳥かごが下に来ているのを見て）ああ、そう、上は危ないですもんね……ん？　あの男の子は？　ホラ、あの。
フナキ――だから東京見物のお供だよ。
フクダ――あらやだ、じゃあ、二人づれ？（と来た方を振り返る）……あれ、やっぱり、そうだったのかしら。いえね、さっき山手通りを代官山の方に歩いている二人づれがいて、似てるなあと思って……あらやだ。そうだったんだ……。（見えないのに、出口の方へ行き、そっちを見る）

マリー、その出口の方へ向かう

フクダ――（おびえたように）……！
アオヤギの父――どちらへ？
マリー――（止まって）
アオヤギの父――渡すべきものは渡しました。
マリー――もちろん、お返しします。

フクダ、そろりと去る

アオヤギの父――（苦笑いするげで）まさか、そうくるとは……。
マリー――え？

アオヤギの父—あれでも足りない……!?
マリー——何がですか?
アオヤギの父—あといくら出せばいいんです?
マリー——……。
フナキ——オレ、ちょっと。

フクダのあとを追うべく去ろうとすると

マリー——フナキさん。
フナキ——え?
マリー——このぶどう、いい?
フナキ——あいつに聞いてくれ。
マリー——ナオヤ?
フナキ——確かそんな名前だったな。

フナキ、去る。
アオヤギの父、小切手を出し、金額を書きこんでいるらしい。

アオヤギの父—(それをマリーに)じゃあ、こういうことで。

マリー、見もせず受け取り、しまう

アオヤギの父—いや、いや、ちゃんと金額をごらんになって。
マリー——……。(父を見据える)

アオヤギの父―何か？
マリー―……。
アオヤギの父―だ、誰のための涙……？
　マリー、手で頬をぬぐう。
　アオヤギの父、ポケットを捜す（ハンカチがなかった）
アオヤギの父―あ……た、たまたま……。
マリー―私、わかってる……私はきっとこういう女……悲しくもないのに涙が出てしまう……もしも涙というものが悲しい時にだけ流れるものならば、私は無自覚な嘘つき。そうでしょう？
アオヤギの父―いや、その前に私は――。
マリー―こたえて！　私は嘘つき!?
アオヤギの父―……。
マリー―私は生まれた時から父親というものを知らない……一枚の写真さえない……どうもそれはおかしいことらしいと気づいたのは、小学校に入る前のことでした……。そして中学に入る頃にはもう気づいていたんです、それは悲しいことだと決めて、そう見せた方が得だってことに……。
アオヤギの父―それは……今話していることは。
マリー―ううん、もちろんホントのことよ、ホントのことです。（自分の部屋の入口まで行き、中を見て）どうしてだろう……あの鳥を見ると、一九の頃、一緒にいたボーイフレンドのことを思い出す……その子のために私は客をとりはじめたのに、とても優しい子だったたってことだけを思い出す……いつも一緒にいた……宇田川町2—16—7成宮荘205、カーテンは西陽を感じないように青い色……私たちは海の底にいるのねって言って体を寄せ合ったっけ……今は影も形もない木造のアパート……。

マリーは、中に入ってゆく

アオヤギの父は、気になって、入口のあたりから遠まきに中をのぞくような……やがて、とりつくろうように後ずさる。

出てきたマリー。上着を脱いでいて、腕が露出している（露出度が増している）

アオヤギの父—そ、それは寒いんじゃあ……。

マリー——ええ、ちょっと……でもあれはお見舞いに行こうとして着ていたものだから。

アオヤギの父—あ……で、でも、その、あなたが父親を知らないとは知らなかった……。

マリー——そうですか……。

アオヤギの父—一枚の写真もない……。

マリー——ええ……。

アオヤギの父—（あたりを見まわす）……。

マリー——信じてくださいね、私が息子さんのことをとても大切な人だと思っていたってことは……もちろん今もそうだけど。

アオヤギの父—と、とにかく、それは解決したということで……（部屋の中が見えて）あ、鳥って、あの鳥のことか……。

マリー――（見る）

アオヤギの父―こっちにも（と、鳥かごの方を指して）いるから……。

マリー――（見る）

アオヤギの父―満足していただけたのかな。

マリー――何がですか？

アオヤギの父―いや、その、金額的には、

マリー――ああ……。

アオヤギの父―（照れたように笑う）

マリー――え？

アオヤギの父―いや、今私は、何か人生の大事なことに触れたような気がしている……つまりその……この世のもめごとというものは決して悪意や企みからではない、要するに誤解、そして怠慢からだ……いや、実際、人間同士というものは、ちゃんとわかり合えるようになってる。

マリー――（腕をさする）

アオヤギの父―（ので）も、もしかして寒いんじゃあ？

すでにマリーの腕を触る父

マリー、さりげなくかわし

マリー――（小鳥に）ウェルテル……。

アオヤギの父―（意味がわからず）何？　え？（それでも触り）つめたい、ひえてますよ、やっぱり。

ウェルテルがチ・チとなく。

マリーは、コンパクトで自分の顔を見る。

アオヤギの父―あ、この鳥のこと……わかるんだ、話しかけられてるのが。へえ。

マリーを背中から抱きしめた父

マリー―……お父さん……。

アオヤギの父―……わかるよ……。

マリー、部屋の中へ

父も入ってゆく。

アオヤギの父―一枚の写真もないんじゃや、それは……！

すすきのところにあらわれるナオヤ。

歩いてくると、はからずも最初にケンイチがすわっていた椅子のあたりに来て、それを見る。

ナオヤ―……。

とすすきの前に立つトシミ。買った鉢植えの花（ゼラニウム）を持っている。

トシミ―今、道を聞かれた……。

ナオヤ―（その声に反応して）……。

トシミ―ここらあたりの人間だと思われたのね。私はあなたのあとをついてきていただけなのに。

でも、こたえる前に、その人は近くに、こんな（と指で指示の形をし）マークの貼り紙をみつけて、

「あっこっちだ、こっちだ」って言って歩き出したの、黒い服を着ていた……。

ナオヤ、その者が気になるとばかりに、すすきではない入口の方から、外をうかがおうとするが、

トシミ――この先の家でお通夜か何かがあるみたい、

ナオヤ――ゆうべもそうだった……。

トシミ――何が？

ナオヤ――黒い服を着てる奴らが……。

トシミ――ああ……（笑って）どうして奴らなの？　黒い服を着ているだけなのに。

ナオヤ――（トシミを見る）……。

トシミ――（見られて）え？

ナオヤ――よく笑うんだな。

トシミ――だって、楽しいんだもの。

ナオヤ――……。

トシミ――不可解？

ナオヤ、トシミの手からゼラニウムの花を取って、トシミを背中にまわす位置まで歩き、

トシミ――あなただって笑ったわ。

ナオヤ――いつ？

トシミ――その花を買う時よ。ゼラニウムなんて花、知らなかったって言って。

ナオヤ――だって、知らなかったからな。

トシミ――それ、笑う理由になる？　それこそ不可解よ、

ナオヤ――だったら、その時言ってくれればよかったんだよ。

トシミ――不可解って？　あなたが笑ってる時？　言えるわけないわ。

ナオヤ――どうして？

トシミ――言えるわけないでしょう？　私はあなたに笑って欲しくなかったわけじゃないんだから。

ナオヤ、二階の、それを飾るべきあたりを見上げる。そして、トシミを見て笑う。

トシミ――……。

ナオヤ――今、笑ったろ、オレ。

トシミ――わ……笑ったわ……。

ナオヤ――理由がないわけじゃないんだぜ。

トシミ――（うなずく）

ナオヤ――（花を見て）ホントに知らなかったんだ、ゼラニウムなんて花……（二階を見て）あそこに、いつも飾ってあった……オレたちはいつもこの中庭で遊んでいた……日が暮れ、ここから帰らなきゃならなくなると、オレは、誰かがあそこらへん（すすきのあたり）に立って、「まだ帰らなくていいよ」って言ってくれるような気がした。でも、誰も言いに来ない……オレはホントにここから帰らなきゃならないんだ……だって、オレたちが遊んだここは、なんにも変わっていないのに、なんでオレたちだけが、オレだけが、変わっていかなきゃならないんだよ、帰るとかそういうことでさ！　オレは待ってたよ！　あそこで、誰かが、オ

レに言ってくれるのを！

トシミ——……。

ナオヤ——あたりが暗くなりはじめると、あそこに飾ってあったゼラニウムの赤い花が、青白い水銀灯に照らされて、それまでなんにも言わなかったのにって感じで、赤く、赤く、ずっとここにいたのよって感じで、赤く、光りはじめるんだ……オレは……オレは……オレは何だか、見られてたような気がして、ずっと見られてたような気がして、必死で言い訳するんだ、待ってなかったよ、誰も待ってなかったよ、だって、日が暮れたらここから帰らなきゃならないことくらいわかってるさ。……オレは走った、鉢山町をぬけ、桜ヶ丘の坂をかけおりて、シブヤのネオンをめざして走るんだ……赤いネオンを見るとゼラニウムの花を思い出した。そしてその花を飾った人のことを……ちがう！　ちがう！　そう言いながら走った……センター街まで走れば、誰かがいる、ゼラニウムの花のことなんかまるで知らないオレの泣きたくなるくらいどんづまりのダチ公が——（急に話しやめ、持っていたゼラニウムをそこらに置き、それを見ながら、むしろ遠ざかり）……（うつろに）オレは走った……。

トシミ——そんなこと言わなかった……。

ナオヤ——……。

トシミ——ここで遊んだ？　どういうこと？

ナオヤ——遊んだんだ、ここで。

トシミ——……。

ナオヤ――ここはケンイチくんの家だったから。
トシミ――ケンイチくんて？
ナオヤ――仲のいい友だちさ……（嬉しそうに）そうか……。
トシミ――何？
ナオヤ――アキちゃんて妹がいた……え？　おまえ、名前は？
トシミ――トシミよ、
ナオヤ――全然ちがうな……全然ちがう……ってことは、どう考えればいいんだ？　わかった！　おまえはアキちゃんじゃないってことだ！
トシミ――……。
ナオヤ――だからおまえは何も知らないんだよ、オレとケンイチくんのことも、それから。
トシミ――それから？
ナオヤ――聞くなよ、何も知らないくせに「それから？」なんて。それはさ、何て言うのかな……無謀だよ、無謀！　だっておまえは何も知らないんだから。ここまでは知ってるから、そのあとを教えてって感じだろ？「それから？」なんて言い方はさ、ちょっと待て、その前に、これってすごくないか？　だっておまえはアキちゃんじゃないんだぜ。
トシミ――そんなこと言わないで。私はアキちゃんなんて人、知らないし。
ナオヤ――言った、言ったよそれは、すでにオレが。堂々めぐりさせるなよ。あれ？（別に近くにいるわけではないが）おまえ、口紅ぬってる？

トシミ――……。

ナオヤ――まずいんじゃねえか？　高校生のくせに、誰のこと？　ゼラニウムの花をあそこに飾った人って。

トシミ――誰のこと？　ゼラニウムの花をあそこに飾った人って。

ナオヤ――ふざけんなよ。オレは口紅の話をしてんだよ。

トシミ――その人のことを想ったからね、あの時笑ったのは。

ナオヤ――もうダメ、おまえ失格だよ、オレしばらく立ち直れないかもしんない。打っても響かないのはなぜ、なんつってな。

トシミ、ゼラニウムの鉢を持つ

トシミ――私、飾る。

ナオヤの脇をすりぬけ、階段へ、そして二階へとのぼり出す

ナオヤ――それ、図々しくないか？　図々しいよ、青い空の真ン中でじっと動かない雲みたいに図々しいよ。

トシミ――そうよ、私、雲だもん、青い空の真ン中にいるの、邪魔？

ナオヤ――邪魔だね……。

トシミを追うように階段をのぼるナオヤ

トシミ――いいの！　ひとりで出来るから！

ナオヤ――……。

トシミ――ここに飾ればいいんでしょ？

トシミ、然るべき場所に花を置く
ほぼアオヤギが落下した位置。

ナオヤ――……。

トシミ――問題？

ナオヤ――……。

トシミ――口紅？　つけてるわよ。いいの、私不良だから。

トシミ、ゆっくり甘えるように、手をのばし、ナオヤの手をとる。そして自分の方に引き寄せようとする。

ナオヤ――オレがナイフを持ってたらどうするつもりだよ。

トシミ――どういう意味？

ナオヤ――オレは邪魔だって言ったよ。

トシミ――……。

ナオヤ――言ったろ？

トシミ――言ったわ。

ナオヤ、トシミの上半身ではなく、下半身、それもまさに股間を触ろうとする

トシミ――（逃げて）何をするの!?

ナオヤ――……偶然だよ……。

トシミ――……。

ナオヤ――忘れた？　じゃあ、こういう言い方だったら、わかるかな……交通事故だよ。

トシミ、ケンイチの部屋に逃げ込もうとする。それをつかまえるナオヤ。ドアを開けようとする、閉めようとするの攻防。

マリーの部屋の窓が（炎らしきもので）赤く染まる

のがれ、階段を降りようとするトシミ、

アオヤギの父――（マリーの部屋から）なぜ、こんなことを!?

その声に、階段の途中でとどまったトシミ。

そのトシミをつかまえるナオヤ。

トシミはのがれ、再度二階の方へ、

ナオヤが追おうとすると

マリーの部屋から、いくつかの札束を胸に、燃えかかっている札束を手に、ステテコ姿のアオヤギの父が出てくる。

ナオヤ――……！

トシミ――……！

アオヤギの父――出せんぞ！　もうこれ以上は出せんぞ！（燃えてる札を必死で消そうとして）ええい、この、このっ！

トシミ――パ、パ……！

父はトシミに、はたまたナオヤがそこにいるのに気づき、札束で裸の上半身を隠すようにして

アオヤギの父―お、お父さんと呼びなさい、他人の前では……！

階段の途中で、手すりに顔をうずめるようにして、体をふるわせながら、しのび笑いをしているナオヤ。

その姿は、泣いているように見えないこともない。

マリーの姿は見えず——。

暗転。

4

夜である。

すすきが風にゆれている。

今、誰の姿も見えないが、やがてすすきのあたりにフナキがあらわれ、誰かを捜すげに邸内に走り出て、捜し、マリーの部屋も見るが、やはりいないとばかりに外へ向かう、フナキの姿が見えなくなった瞬間に、ケンイチの部屋からナオヤが出てくる。ゼラニウムの花のあたりに立ち、アオヤギが落ちたあたりを見おろす。と、ケンイチが部屋からゆっくり歩み出て、ナオヤの背後に立つ

ケンイチ——……じゃあ、何のために来たって言うんだよ。
ナオヤ——(振りかえらずポケットから二千円を出し) これを返しにって言ったろ……。
フナキが、ゆっくり邸内に戻り、
ナオヤの方を見あげる、(ナオヤに気づかれないように)
ケンイチ——おぼえてないよ、そんな二千円。
ナオヤ——(いくらか振りむくようにして) そうか……ケンイチくんちはお金持ちだからな。
ケンイチ——フン。
ナオヤ——(振りむいて) そうだろ⁉　お金持ちだから、二千円ぽっちの金なんか捨てるつもりでオレに、オレの前に放り投げたんだろ⁉
ケンイチ——おぼえてないいっつってんだろ!

ナオヤ——そんなことないよ、オレ約束したろ、ちゃんと返すからって！
ケンイチ——じゃあ聞くけど、その二千円貸すって時に、オレが何て言ったか、言えるか？
ナオヤ——言えるよ。
ケンイチ——何て言ったよ？
ナオヤ——貸す時だろ？
ケンイチ——ああ。
ナオヤ——ホラって。
ケンイチ——ホラ!?
ナオヤ——うん、ホラだよ。
ケンイチ——言わないね、オレは、ホラなんて。
ナオヤ——言ったんだって！
ケンイチ——……。
ナオヤ——(半泣きで) 言ったんだよ……。
ケンイチは、ゼラニウムの花を見て
ケンイチ——おまえさあ、バレバレのことするなよ。
ナオヤ——……。
ケンイチ——何だよ、この花は。もう誰もいないよ、うちの者は！　わかんだろ!?　こうなっちまったんだよ (と荒れた状態を) おまえのせいで！

ナオヤ――ごめん！ケンイチくん、ごめん！（泣き伏す）

ケンイチ――わかんねえんだよ、何がごめんなのか！

ナオヤ――だから全部だよ。

ケンイチ――ありかよ、そんな言い方！

ナオヤ――……。

ケンイチ――ないよ、全部なんて言い方……じゃあ、ここにこんなに草が生えてしまったことは！　今が夜なのは！　今も、そして今も、また今も、次から次に過去になってゆくことは！　これもゴメンかよ、全部ゴメンかよ！

ケンイチは、ゼラニウムの鉢を持ち、下に落下させ。

ケンイチ――ホラ、こんな風にオレは落ちていったんだよ、おまえに刺された傷をおさえながら……オレは謝ったよ、おまえに、ゴメンて……落ちていく時、ゴメンて……わかったような気がしたからさ、おまえがオレを刺したのが……それと同時に、こうも思った、ああ、おまえはしあわせな奴だなって……おまえは決めていけるからさ、例えばオレのこと、オレのおふくろのこと……こんな奴だ、こんな人だって決めていけるからさ、おまえが決めたことをおまえはつかみたくって、手をのばす、自分の手の中に入れて、それでしあわせになれるんだ……ああ、おまえは今しあわせなのかもしれない、そうだなあ、しあわせな奴が生きのびていけばいいんだなあ……そう思いながら、オレはあそこまで落ちていったんだ……。

ナオヤ――……。

ケンイチ――よこせよ、二千円……返してもらうよ、オレが貸したとおまえが決めるんだったら。

二千円を差し出すナオヤ。

ケンイチ――そのかわり。

ナオヤ――……。（ケンイチを見る）

ケンイチ――オレにもう一度、しあわせを分けてくれ。

ナオヤ――もう一度？

ケンイチ――ああ、もう一度、ここから……あの時のように……。

ナオヤ――（ひるむ）……。

ケンイチ――だって、それでチャラじゃないか、そうだろ？

ナオヤ――わからないよ……。

ケンイチ――何が？

ナオヤ――しあわせなわけないじゃないか、ケンイチくんが、

ナオヤ、ケンイチの胸ぐらをつかむようにして、問いつめる。

ケンイチ――……。

ナオヤ――そうだろ!?　しあわせなわけないよ！

しかしケンイチはほとんど反応しない。

チ・チとなくウェルテルの声

それは、マリーの部屋の中から

ナオヤ――ウェルテル……そうだ、ウェルテルって名前の鳥がいるんだよ、待ってて。

ナオヤは、階段を降り、マリーの部屋に行こうとする。

その時、フナキに気づいて

ナオヤ――……！

フナキ――(驚かれて)……オレだよ、わかるだろ？

ケンイチは自分の部屋へ引っ込む。

フナキ――マリーを捜してるんだ。

ナオヤ――今、ウェルテルがないたから。

間。

ナオヤ――ずっといたの？

フナキ――ああ、ずっといた、さっきから。

ナオヤ――……。(すでにケンイチの姿を追うことはなく)

フナキ――だから、小鳥がないたのもわかってる……ただ、あんた、それをどうしようとしてたんだ？
その部屋に入って、ないた小鳥をどうしようと……え？

ナオヤ――……。

フナキ――ま、いいよ。

また、チ・チとなくウェルテル

フナキ――おっとっと……。（その小鳥を見るべくマリーの部屋の入口に立って、中を見て）……ふと、こんなことを考えた……オレがあんたとすでにどっかで会ったことのある人間だったらって……ありえないことじゃないだろ？　東京のシブヤの街で、すれちがう人間がどんな人間かわかったもんじゃないからな……前にこんなことがあったんだ、オレの実際の話だけどな……シブヤの駅だよ、ハチ公口のJRの改札口あたりの雑踏を歩いてる時、オレにぶつかった奴がいた、虫のいどころがわるかったんだな、オレはそいつのスネをまず足でけり、何か痛えとかそんなこと言いやがったから、そいつの、オレの方に倒れ込みそうになった頭の脇ンところを足で三発くらいけった。まわりは人だかりの上にまた人だかりだ、あそこ交番近いから、すぐポリ公がとんできたよ……。（思い出し笑いをして）……警察で病院に運ばれたそいつのことを聞かされた。鼓膜がダメになったとかそういうことをさ……で、名前とそいつの勤め先？　オレは「あれぇ……」と思ったよ、オレと同じ苗字、フナキって男だ……名前の方も聞きおぼえがある……兄貴の息子だ……田舎で子供の頃、よく遊んだ……そうだなあ、中学生になるくらいからもう会ったこともなかった……オレの方は東京に出てきていたから……そう言えばマサユキちゃんも東京に働きに出たって聞いたような気がするなあって……マサユキってのがその兄貴の息子の名前なんだ……まずいだろ？　オレ、頼んだよ、向こうにオレのことは言わないでくれって。その取調べやった警察の奴な……笑っちゃうんだけど、橋って苗字の奴でさ……わかった、橋とフナキの仲だとか言っちゃって……もうだいぶエラくなってるはずだよ、その橋……フフフ……。

ナオヤ――……。

フナキ――で、そうそう、もしあんたがオレと、――。

ナオヤ――知り合いなわけないだろ！

フナキ――うん、そう、そうなんだけどさ……ま、いっか……。

ナオヤ――フナキなんて名前の奴、同級生にも、近所にも、どこにもいなかったよ！

フナキ――だからさ、例えばあんたが小学生の時、家庭の事情で、どっかの家に引きとられて転校していった奴がいるとするだろ。そのひきとられた家がフナキって苗字の場合だってあるだろうってことだよ。

ナオヤ――なかったよ、そういうことも！

フナキ――だって、わかんねえだろ、ひきとられた家の苗字までは！

ナオヤ――ひきとられていった友だちはいなかったって言ってるんだよ。

フナキ――……。

ナオヤ、出ていこうとする

フナキ――おい、ちょっと待てよ。

ナオヤ――……。

フナキ――もうちょっと一緒にいてくれよ……（照れるかわりに笑って）その……寂しいんだよ……。

ナオヤ――……。

フナキ――で、この寂しいって感情は、どういうものかってことを考えてた……あんた、どう思う？

ナオヤ――知らねえよ。

フナキ――(うなずいて) あんたの場合、そうかもな……そういう風に言うんだろう……ただオレは、そういうあんたに、ちょっとした敵意っていうか……復讐心をもつわけだな……そういう形でオレは一蹴されたって意味でさ。

ナオヤ――何が言いたいんだ……。

フナキ――あんた、人を殺した……オレは殺してない……こういうことなんじゃないかと思うんだな……つまりその、オレが寂しいって感情のまわりでウロウロしてんのはさ。

ナオヤ――……。(フナキを見る)

フナキ――だって、あんた寂しいって言う権利ないだろ、人を殺しといてさ。いや、いや、オレはあんたのことを見て寂しいとか言ってるんじゃないよ、オレという人間のこと、

ナオヤ――オレが誰を殺したって言うんだ。

フナキ――誰だろうな……オレ自身が寂しいから、そこまで気がまわんねぇよ、まきちらしすぎか？寂しい、寂しいって……フフ……。(マリーの部屋の中を見て) ……確かウェルテルってのは、自分で自分を殺したんだったな……ピストルかなんかで。

ナオヤは、すすきの方にまた幻影を見たか、近づいて

ナオヤ――……。

フナキ――どうした？

ナオヤ――いや……。
フナキ――マリーか!?

フナキも、そっちに行って。

ナオヤ――(フナキのあわてぶりに)……。
フナキ――(言い訳のように)言ったろ、捜してるって……まずいんだよ。
ナオヤ――何が?
フナキ――田宮ってヤローの……何だあれは……舎弟って言うのか? マリーを捜している……だからオレは、ここじゃない、どっかちがうところに……その方がいいだろうって……。
ナオヤ――……。
フナキ――何だよ。
ナオヤ――誰なの? 田宮って人は……。
フナキ――かこってたのさ、マリーを。昔、マリーが直引《じかび》きやってた頃、ショバのことでもめて、連れの男が組の奴をブロックでなぐって、血だらけにした……ありゃ死んだんだったかな……男は逃げた、マリーも逃げた……その逃げたマリーをかこったのが田宮ってヤローだ。別にやくざじゃない……ただ、そのために、今度は田宮の奴が追われることになった……。
ナオヤ――その舎弟がどうして今……。
フナキ――組のもんに身を売ったって情報流したんだよ、マリー本人が、田宮の側に……理由はわかんねえ。

ナオヤ――……。
フナキ――まあ、堅気も堅気なりにひっこみはつかねえってとこかな。
すすきがゆれている
フナキ――冷えるな……フフフ。
ナオヤ――え？
フナキ――あんたの体に触ってもいいか？
ナオヤ――え？
フナキ――何ちゅうかその……おこぼれにあずかりたいんだな……言ったろ、オレは寂しいって……この感情のまわりでウロウロしたくないんだよ……だからあんたのおこぼれをな……。（ナオヤの手をつかむ）
ナオヤ――……！
フナキ――オレには矢印ってもんがない、あんたとちがって。
フナキ、ナオヤを抱きしめる
フナキ――聞いてくれ、今、オレは誰かの役に立ちたい、役にたたねえ人間は寂しいよ、わかんねえだろ？　あんたは役に立ってるんだよ、オレが寂しい時にこうやって一緒にいてくれるわけだからさ、オレはどうだ?誰かの役に立ったことが一度でもあったか？　ないよ、なかった、ただの一度だって、誰かの役に立ったことなんかなかったんだ……！
ナオヤ、強引にフナキから離れる

ナオヤ――（フナキの胸を指して）何だ、そこにあるのは……！
　フナキ、胸の中のポケットからピストルを出す
フナキ――チーフスペシャルっていうんだ……エリオット・ネスが使ってた……知ってる？「アンタッチャブル」。
ナオヤ――（首を横に振って）いや……。
フナキ――顔はわかってる、マリーを捜してる奴らの顔は……。
ナオヤ――それで、何を……？
フナキ――だから役に立ちたいんだよ。
　すすきがゆれる。
　別の入口から、全身を白い包帯でグルグル巻きにして松葉杖をついた男（アオヤギ）が――。
フナキ――アオヤギさん……。
アオヤギ――じっとしてられるか……！
フナキ――大丈夫なの!?
アオヤギ――タクシーの運ちゃんにはチップをはずんだよ。女房はいるか？　って聞いたら、なかなか御縁がありませんでって言うから――（あとは言わず）ま、いいよ……しゃべると背骨が痛い。
フナキ――タクシーを待たせて？
アオヤギ――いや、断った。待つ身のつらさはオレが一番わかってるって言ってな……それにしても、きょうもあっちの方で通夜かなんかやってるな……黒い服の奴らが行ったり来たりしてい

る……。

フナキ――どっかすわる場所を……。

アオヤギ――心配すんな、

ナオヤ――こっちのベッドは。（マリーの部屋の）

アオヤギ――誰だ？

ナオヤ――（フナキを見る）

フナキ――ま、ダチ公みたいなもんだよ。

アオヤギ――おまえも幅を広げたなフナキ、

フナキ――そうかい？

アオヤギ――株主でもないのに、そうかいはないだろ。いいよ、いいよ、ここで充分。

ナオヤ――……。

アオヤギ――ところで、今は寒いか？

フナキ――アオヤギさん、マリーの姿が見えねえんだよ。

アオヤギ――え？

フナキ――オレ、捜してんだけど。

アオヤギ――いないのか、そこには！　いると思ってオレ今、余裕のしゃべりを！どこに行ったんだ！

あた、背骨が！

フナキ――いや、それが……。

アオヤギ、マリーの部屋まであせって

アオヤギ――どういうことなんだ、まさかオレのおやじのせいで……。

フナキ――ちがうよアオヤギさん。

アオヤギ――おやじは七時の新幹線で帰ったはずだぜ、オレはちゃんとチケットを見た！

フナキ――そうじゃない、オレが心配してんのは、田宮の会社の奴らがマリーを捜してるって言うから。

アオヤギ――田宮の会社の奴ら……？

フナキ――ああ、ひとりは田宮の弟にあたる奴だよ。

アオヤギ――ってことはどういうことになるんだ……え⁉

フナキ――……。

アオヤギ――（内省して）あいつはじじいのことをどう思ってたんだ……、え⁉　マリーはじじいのことが好きだったんじゃないのか⁉

ナオヤ――好きだったんだよ。

アオヤギ――（ナオヤを見る）

ナオヤ――だから、嫌いになる努力をしたんじゃないのか？　きっと、この部屋のことも嫌いになろうとしている……。

アオヤギ――何のために、そんな努力をしなきゃなんねえんだよ！

ナオヤ――みんな、それぞれに努力はするんだろうからさ。

アオヤギ――気に入らねえ、このクソガキ。便所の落書きみてえなこと言ってんじゃねえよ！　背骨の

フナキ——痛えオレに向かって！

アオヤギ——（制して）アオヤギさん……。

フナキ——（急に落ち込んで）アオヤギさん……それがオレの名前か……おれがアオヤギさんである理由は何だ！　くそ、世界中のアオヤギさんに向かって問いかけたいよ、アオヤギさん、あなたはアオヤギさんであることに満足してますかァ……！

アオヤギ——オレだってフナキだよ。

フナキ——フナキはいいんだよ、フナキは。オレが言ってんのは、アオヤギ！（うずくまるようにして）だって……フナキは、いいじゃないか……フナキなんだから……。

ナオヤ——（何もしてないが）

アオヤギ——何だよ、便所の落書き！

ナオヤ——（思わず少し笑う）

アオヤギ——笑うか？　笑ったのか？　ハハハと書いたのか、便所に落書きを！

ナオヤ——オレ、捜してくるよ。

ナオヤ、出ていこうとすると、

マリーが入口からあらわれた。

かなり疲れた様子である。

ナオヤ——……！

マリー——楽しそうだね……。

アオヤギ――マリー……！　オレだよ、アオヤギだよ。

マリー――見えたよ、ここに入ってくるのが。大丈夫なの？

アオヤギ――オヤジは帰ったぜ、七時の新幹線で、

マリー――（意味もなく）七時かァ……！

フナキ――……。

ナオヤ――……。

マリー――（それぞれの視線を感じて）歩いてたの、そこらへんを、人目をさけるのにたいへん……何だか人が行ったり来たりで……疲れた。（すわる）

アオヤギ――マリーおまえ、七時かァってどういう意味だよ。

マリー――え？

アオヤギ――七時かァって……。

マリー――そんなこと言った？

アオヤギ――言ったよ。

マリー――そうだっけ……。

アオヤギ――（マリーのボケぶりを共に笑おうとフナキとナオヤに）ハハ……。（が頓座）

マリー――（アオヤギをしみじみ見て）人ってさ、具体的にいろいろたいへんになるとなんか嘘っぽくなるね。

アオヤギ――つうか……どういうこと？

マリー――だって嘘っぽいよ、アオヤギさん。

アオヤギ――(包帯のこと)これ?
マリー――うん。
アオヤギ――とるぜ、とって欲しきゃ。
マリー――ううん、嘘っぽい方がいいの。
アオヤギ――……。
マリー――円山町まで歩いてきたの……きのうはブルーシートがかかってたはずの場所が今はもう、いつもの駐車場になってるの……私はブルーシートがかかってて、もっと、こう、ここでたいへんなことがあったってゆう……そういうものを見にいったのにさ……嘘っぽくないの、その駐車場が。やんなちゃった……。
フナキ――アオヤギさん。
アオヤギ――ん? 何?
フナキ――オレ……。(行く)
アオヤギ――だっておまえまだマリーと何も……だって、捜してたわけだしさ……。
フナキ――いいんだよそれは……だって、もうここにいるわけだし……そんなことより、アオヤギさん病院には……。
アオヤギ――うん、どうすっかな……。
フナキ――オレ戻ってくるぜ、たぶん、一時間かそこいらで、だから、その時までいてくれりゃオレ、連れてくし、病院には。

アオヤギ――わかった。
フナキ――(行こうとする)
アオヤギ――フナキ。
フナキ――え?
アオヤギ――アイシャルリターン。
フナキ――(微笑んで) 言ったことにするよ。

フナキ、出てゆく、

そのフナキを、気持ち追うようなナオヤ、

マリーは、すすきの方へ歩いている。

ナオヤ――(アオヤギを見る)
アオヤギ――何だ?
ナオヤ――(あの人、ピストル持ってたと言いたいのだが) いや……。(といってマリーの方を見る)
アオヤギ――(だから同じくマリーの方を見て) そうか、円山町に行ってきたのか……。
マリー――え?
アオヤギ――いや、その、ブルーシート……。
マリー――ブルーシートが何?
アオヤギ――(ナオヤを見て) おい、落書き、ちょっと席はずしてくんねえか。

ためらい、どこへ行こうかと迷い

階段をのぼりはじめるナオヤ。

アオヤギ――オレもまさか田舎からおやじが出てくるとは思わなかった……まあ、だいたいわかるんだ、おやじが何を言ったか、そしておまえが――く、くだらないか？　オレが今言ってること。

マリー――ううん。

アオヤギ――そうか……いや、やっぱくだらないよ、いずれにしてもオレとおまえの問題じゃないからな。

マリー――そんなことないよ、私はアオヤギさんが犠牲にしたものを見せられたんだから。

アオヤギ――……。

マリー――つらかったよ、私……。

アオヤギ――おまえ、そんなこと……。

マリー――ホントだって、なんかね……。（表現を考えるが）……つらかった。

嬉しくなったアオヤギ、ふと、階段の途中にいるナオヤに気づいて。

アオヤギ――このヤロ……便所のこおろぎみたいに！

ナオヤ、アオヤギを見ながら階段を昇る

マリー――アオヤギさん。

アオヤギ――え？

マリー――私ね、指輪のこと、おとうさんに言わなかったよ……言わない方がいいと思ったから……同じことだった？

アオヤギ――それ、ちょっと、複雑かな……。

マリー——どういう意味で？
アオヤギ——なんか嬉しいけど、理由がわかんないって感じの複雑。
マリー——私はね、あれは二人だけの秘密だと思ったから。
アオヤギ——(感動して) マリー……。(またナオヤに気づいて) おまえ、まだ！
ナオヤ、また昇り、やっと二階まで。
マリー——アオヤギさん。
アオヤギ——何？　何？
マリー——私ね、スペインの田舎もいいかなって思うようになった。
嬉しくって松葉杖で歩きまわるアオヤギ。
マリー——ちがうの、ちがうの、
アオヤギ——(止まって) 何が？
マリー——思っただけ、行こうとは思わないわ。
アオヤギ——なんで？
マリー——だって私スペイン語出来ないし。
アオヤギ——そんなこと……！　だって田舎だぜ！　農作物持って振りまわしゃ、たいていの会話は通じるよ。
マリー——いつも農作物持ってるわけにはいかないでしょ？　だいたい、持ってる意味がわかんない。
アオヤギ——大まかな印象を言ってるんだよ、オレは、マリー——大まかすぎる。

ナオヤ、そこに落ちてた二千円を拾う

ナオヤ——……。

マリーは、すすきを見ている。

そして、ケンイチの部屋の窓（そこからおばあさんが見えた）を見あげる

マリー——（おびえたように、その窓を指さして）……誰、あそこにいるのは……？

アオヤギ——え？

アオヤギも見にいく

アオヤギ——どこ？

マリー——あそこ、あの窓！

アオヤギ——誰もいないよ！

ナオヤ、二人が見ようとしているものを見るべく、ケンイチの部屋に入ってゆく

アオヤギ——（ナオヤが見えたらしく）何だ、おまえか！

マリー——……。

アオヤギ——あいつだよ、ホラ。

マリー——……ええ……。

雨が落ちてくる、中庭と入口あたりと、すすきのあたりに、11月の冷たい雨が、

アオヤギ——おい！　落書き！　消えろ！

マリー――(あたりを見ながら虚ろに笑う)……フフ……。
アオヤギ――(そのマリーに)何だよ。
マリー――(中庭の方に歩いてきながら)……そうよ、もうこんなところにはいない方がいいのよ……でも、どこへ行けばいいの……。
アオヤギ――マリー……。
マリー――もしかして雨が降ってる?
アオヤギ――ああ、降ってる……。
マリー――(すすきの方を指して)あそこにも?
アオヤギ――うん、屋根がないからな……。
マリー――スペインじゃなかったら、どこだって話だった?
アオヤギ――え?
マリー――その、田舎よ。
アオヤギ――フランス……南フランスの田舎町だよ。
マリー――ああ、そうか……フランス語もダメだしなあ……あの、それ……やっぱり農作物で通じるの?
アオヤギ――つ、通じるさ……。
マリー――でも、いつも持ち歩いてるんじゃ、たいへんだろうしなあ……。(思いついたように、しかし弱々しく)……そうか、カートで持ち運べばいいのか……。

アオヤギ――……。

マリー――あ、やっぱダメだ。

アオヤギ――何？

マリー――カート押すのがたいへん。

アオヤギ――マリーマリーマリー！

アオヤギ、マリーの体をつかむ、

マリー――つめたい！（と避ける）

アオヤギ――……。

マリー――あれは持ってないの？　ホラ、あのもむだけであったかくなるの……。

アオヤギ、思い余ったように、マリーを抱きしめる

アオヤギ――（松葉杖がツノみたいに見えて）オレたち今、でんでん虫みたいじゃないかな……。

マリー――雨にぬれてるでんでん虫？

アオヤギ――雨にぬれながら歩いてるでんでん虫。

二人、マリーの部屋の方へ、

マリー――歩きながら、もうすぐ雨にぬれなくなると思ってるでんでん虫。

アオヤギ――背骨の痛みを忘れているでんでん虫。

マリー――解体したでんでん虫。

マリー、アオヤギを残して部屋の中へ

アオヤギ——わお、合体するでんでん虫。

アオヤギも中へ。

その部屋に明かりがともる

入口から、雨にぬれたトシミが入ってくる。

トシミ——……。

やがて、すすきの方へ行き、ゆっくり、建物のかげにかくれる。

と、入口から、黒い服の男三人が入ってくる。あたかも、雨やどりをしにきた通夜客のように見える。実際、三人は雨にぬれない場所に入り、雨を見あげたり上着のぬれてるのを払ったり……

黒い服A——でその、電気はなおしたのか？

黒い服B——電気はつくようにはなった。

黒い服A——オレはそのトイレには入ったことねえな。

黒い服B——とにかく水を流さねえわけにはいかねえからさ、

黒い服C——そうそう。なおして欲しいのは、どっちかっつったら、そっちの方なんだけどな。

黒い服A——泣き声って、そりゃ、どんな感じの泣き声なんだよ。

黒い服C——どんなって、とにかく女が泣いてるような「ひィー」って感じの……な、

黒い服B——うん、とにかく気色悪ぃ。

黒い服A——さびてんじゃねえのか？　その水洗の管とかそういうのが、

黒い服B——いや、わかっててもあの音は……。

黒い服C——うん、わかっててもダメだ。

三人は、目で合図しあうと、中庭を横切り、あるいは壁づたいに、マリーの部屋の方へ行き、まず黒い服Aがドアをあけると、中へ入る

黒い服Aの声—こっちだ！

あとの二人も入ってゆく

すぐに何発もの銃声

ケンイチの部屋からナオヤが出てくる

ナオヤ——……！

ガラス窓に、マリーの倒れこむシルエット、くずれ落ちると、血のあとが残る。

あとずさるように黒い服の男たちが出てくる。黒い服Cにつかみかかるようにしてアオヤギが——。

黒い服C——離せ！　離れろ！

黒い服A——何だ、このミイラ男は！

黒い服Aがアオヤギに向かって撃つ、Cから離れ、撃たれ、部屋の中に舞い戻るようにして見えなくなるアオヤギ。

男たち——……。

黒い服の三人は、すばやく、その場を去る。

ナオヤが階段をかけおり、マリーの部屋を見にいく。

ナオヤ——……！

言葉もなく、どうしたらいいのかもわからず、
中庭に立つナオヤ。
すすきのところにトシミが立つ。

ナオヤ――（トシミに気づいて）……！
トシミ――パパが教えたのよ、ここにあの女がいるって。あの人たちに。どうしてあの人たちに近づけたかって？ フクダさんに聞いたのよ、全部教えてくれたわ。
ナオヤ――……。
トシミ――あなた、いやらしい。
ナオヤ――何が？
トシミ――自分の胸に聞いてみるといいわ。
ナオヤ――……。
トシミ――私がかわりに聞いてあげようか。ここはどこ？ ボクは誰？ わかる？ あなたがいやらしいのは、夢をみているからよ、死んでしまった人のことばかり話すからよ。「死について語ることは夢をみることです」これ、ウェルテルの言葉じゃなかった？ 不倫の元祖よ、私に言わせればね、そんなことで悩むなんてバカみたい。
ナオヤ――夢なんてみてない……。
トシミ――そう、じゃあ、私は誰？
ナオヤ――……。

トシミ――ホラ、言えない。
ナオヤ――ゼラニウムの花を買った……一緒に……赤いゼラニウムの花を。
トシミ――で？
ナオヤ――飾った……。
トシミ――どこに？
ナオヤ――（飾ったところを見る）
トシミ――（も見て）どこに？
ナオヤ――あそこに……。
トシミ――ないわ。
ナオヤ――……。
トシミ――ないでしょう⁉
ナオヤ――ケンイチくんが……。
トシミ――誰？　ケンイチくんて。
ナオヤ――……。
トシミ――誰よ、ケンイチて！

雨が雪にかわりつつある。

ナオヤ――（ケンイチがはじめにすわってた椅子のところにいき）……ここにすわってた……。
トシミ――……。

ナオヤ――こんな風に……。（すわる）……オレを待ってたんだ……誰も知らない……オレたちだけだったから……。（急に立ちあがり）

すすきのあたりに来て、あたりを見廻す

ナオヤ――ここに誰かいた……でも見られてたわけじゃない……オレはその誰かに……。

その時、トシミは、マリーの部屋の中にアオヤギ（らしき人間が）倒れているのを見つけ「！」となり、中へ入ってゆく

トシミ――（出てきて）どうして……？

もう一度入ってゆくトシミ

トシミの声――お兄ィちゃん！

その声に反応するナオヤ、

ナオヤも部屋の中に入ってゆく。

明かりが消える。（ナオヤが消した）

トシミが出てくる。

ナオヤ――（出てきて）ちゃんと言えるさ、ここはケンイチくんの家だよ……そう、ちょうど今みたいに、アキちゃんの声が聞こえてた、「お兄ィちゃん」って……もちろん、お父さんもお母さんもいた……アキちゃんて、どんな声だったかなあ……ちきしょ、思い出せない……！　もう一度、言ってみてくれよ、お兄ィちゃんて。

トシミ、あとずさり、足をふみはずし、

倒れる。

ナオヤ――大丈夫か。（近づいて、抱きおこそうとする）

トシミ――（逃れて）触らないで！

ナオヤ――やさしくだって出来るさ。

トシミ――イヤ……！

ナオヤ――だろ？　オレは知ってるよ、女の子って、やさしくされるのイヤなんだよ。

トシミ――だ、誰か……！

トシミ、でてゆく

雨は完全に雪にかわっている。

ナオヤは、ひとりになり、そこにケンイチのおとしたゼラニウムを見つけ、それを、手の中につつみ、見て

ナオヤ――……。

ふいに落ちている雪に気づき

ナオヤ――あれ？　雪が降ってる……。

と、すすきのところに、マリーが――。

それに気づくナオヤ

マリー――ひとり？

ナオヤ――ああ……。

マリー――……。（微笑む）
ナオヤ――今、この花を……。
マリー――ゼラニウム。
ナオヤ――そう！　落としてしまったんだ、あそこから……。（復元しようとしている）
マリー――無理よ。
ナオヤ――……。
マリー――新しいのを買った方がいいわ。でもどれどれ、（と割れた鉢を触ろうとする）
ナオヤ――（ので）あぶないよ。
マリー――……。
ナオヤ――ケガするだろう。（と遠ざける）
マリー――……。
ナオヤ――何だよ。
マリー――嘘っぽい。
ナオヤ――何が？
マリー――（真似て）ケガするだろう。
ナオヤ――だって……ケガするじゃないか。
マリー――似てるでしょ、（もう一度）ケガするだろ。
ナオヤ――似てないよ。

マリー――わ。
ナオヤ――全然似てない。
マリー――まったく……むずかしい年頃だね。
ナオヤ――……。
マリー――(離れる勢いで) むずかしい!
ナオヤ――似てないんだからしょうがないじゃないか。
マリー――ハイ、ハイ。
ナオヤ、マリーが機嫌をそこねたのではないかと様子をうかがっている
マリー――あ、そうだ。
二階への階段をのぼってゆく
ナオヤ――何?
マリーはケンイチの部屋に入ってゆく
ナオヤは、急に不安におそわれ、マリーの部屋を見にいく。
と、そこに二人の死体などなく
ナオヤ――(嬉しくなって) ……。
マリーがケンイチの部屋からコンビニの袋に入ったぶどうを持って出てくる
マリー――(階段おりながら、嬉しそうなナオヤに) 何?
ナオヤ――(嬉しそうに) いや……。

マリー――え？
ナオヤ――そうかァ！
　と部屋の入口のへりにへたりこんでしまう。
マリー――ぶどうよ、食べない？
ナオヤ――（近づいたマリーの存在をまじまじと見る）……。
マリー――（ので）わかってるわよ、これはあなたのぶどう……（まだ見られて）変？
　ナオヤ、マリーの頬に手をあてる。
マリー――つめたい。
ナオヤ――どっちが？
マリー――あなたの手。
ナオヤ――（手を離す）……。
　マリーがナオヤの頬に手をあてる
ナオヤ――……。
マリー――冷たくないの？
ナオヤ――いや……。
　ナオヤ、マリーの手をとって、自らの頬をそれであたためるかのように、右の頬にも左の頬にも、こすりつけるようにして、さながら愛撫する。
ナオヤ――つめたくないよ。

マリー――雪が降ってる。
　　マリー、ナオヤの体を包むように、背中から抱く
マリー――原始的な方法だわ……。
ナオヤ――……。
マリー――私たち、わかるかな、次に会う時、お互いの顔が、シブヤの雑踏の中で。
ナオヤ――わかるさ。
マリー――お互いに成長しすぎていて、別の人間のように見えたりはしない？
ナオヤ――成長しないよ。
マリー――フフフ……。
ナオヤ――（離れて）何だよ。
マリー――ううん。
ナオヤ――成長なんてするもんか！
マリー――これ、わかる？　……（朗読調で）……わたくしは月の光の中を歩きますと、いつもきまって、亡くなった人たちのことを思い出します、死とか来世とかいうことが、ひとりでに頭に浮かんでなりません。わたくしたちもいつかは行くのでしょうね、ウェルテル、わたくしたちはあの世でまた会えますかしら？　お互いにわかりますかしら？　どうなのでしょう？　教えてくださいまし
ナオヤ――（わかって）……会えますとも……この世でも、あの世でも、きっとまた会えますとも……。

マリー――そう！　フフフ……（つづけ）おかあさま、もしもわたくしが子供たちにとって、あなたがそうであったような母親でありませんでしたら、どうぞおゆるしくださいまし。

ナオヤも合わせてつぶやく

二人――わたくしはできるかぎりのことをいたしております、着物もきせ、御飯もたべさせ、そしてなにより、いたわって可愛がっております、わたくしどもが睦まじくしているのをごらんになりましたら、愛する聖いおかあさま、あなたはきっと――。

ナオヤがマリーの部屋に駆け込んで
鳥かごを持って、駆け込んだ時の勢いとはうらはらに悄然と出てくる。

ナオヤ――……死んでる……。
マリー――またたわ。
ナオヤ――え？
マリー――これね、ねむってるだけなの、
ナオヤ――ねむってるだけ？
マリー――そう、時々こうやって、私たちをだますの、

マリー、鳥かごを持って別の場所に置きにいく。

マリー――見るからよ、こうやって見ないようにしておけば寂しくなって、死んだふりなんか出来なくなるわ……（戻って）さあ私たちは――。（とぶどうに向かう）
ナオヤ――（鳥かごの方を見ようとする）

マリー――（ので）ダメよ、見ちゃ。
ナオヤ――だって気になるじゃないか。
　ナオヤ、マリーの方を見ると、コンパクトを出して、自分の顔を見ている
ナオヤ――（そのマリーに）何？
マリー――私、成長してない？
ナオヤ――……。
マリー――そう見える……成長をとめなきゃ。
　マリーは、パフでおしろいを自分の顔にぬりはじめる
ナオヤ――（それを見て）……。
マリー――とめる？　あなたも。
　ナオヤの顔におしろいをつけるマリー
ナオヤ――わっ、やめろ！
マリー――（さらに）ホラ！
ナオヤ――やめろってば！
マリー――ホラ、ホラ！
　二人、まるでジャレ合うように、互いの顔を白くぬろうとしてる。
　ウェルテルがチ・チとなく。
二人――……。（見て）

そして笑い出す。

いつしか、ゼラニウムの赤い花が、然るべき場所に、然るべく、在る。

ここで初めて現実に雪が見えてくる。

二人は鳥かごに近づき、中の小鳥を放つ、飛びたつ小鳥。

飛んでる小鳥を見て、さらに笑う二人

マリー——しあわせになるって、かんたんなことね！

雪を見ているのか、小鳥を見ているのか判然とはしないが、ともかくも、その二人の姿は歓喜と何者かへの祝福に充たされていると言ってもいいだろう。

すすきの方へ、そして建物をまわり、入口の方へ来る（はじめにナオヤがたどった経路）と、すでにマリーの姿はない。

そこにフナキあらわれて、そのまま、マリーの部屋の入口まで行く

フナキ——（中を見て）……！

ナオヤ——（マリーがいないので）あれ？

フナキ、中へ入ってゆく
明かりがつく

フナキの声——マリー！

そっちを見るナオヤ
フナキ、出てきて、見合う二人、

フナキ――……。

ナオヤ――そんな顔しないでくれよ、（顔のおしろいをぬぐう）成長のとめっこしてただけじゃないか……。

なぜか、腕時計をはずし、

それをフナキの方に差し出しているナオヤ。

暗転――。

了。

注●劇中の『若きウェルテルの悩み』からの引用は、竹山道雄訳（岩波文庫）による。

シブヤから遠く離れて●上演記録

シアターコクーン・オンレパートリー2004
Bunkamura15周年企画
2004年3月6日(土)～3月30日(火)
シアターコクーン

●登場人物

ナオヤ	二宮　和也
マリー	小泉　今日子
アオヤギ	杉本　哲太
トシミ	蒼井　優
ケンイチ	勝地　涼
黒い服A	飯田　邦博
黒い服B	塚本　幸男
黒い服C	堀　文明
アオヤギの父	清水　幹生
フクダ	立石　涼子
フナキ	勝村　政信

●スタッフ

作	岩松　了
演出	蜷川　幸雄
美術	中越　司
照明	原田　保
衣裳	黒須　はな子
音響	井上　正弘
ヘアメイク	林　節子（スタジオAD）
小道具	安津　満美子
	田淵　英奈
演出助手	大河内　直子
	井上　尊晶
舞台監督	白石　英輔
演出部	國井　秀夫
	今井　眞弓
	八須賀　俊恵
	羽賀　順司
	倉田　真愛
照明操作	梶谷　剛樹
	鶴田　美鈴
	清水　徳子
	加藤　久博
音響操作	中島　正人
制作助手	稲村　宗子
	森田　友規子
制作	大宮　夏子
共催	フジテレビジョン
	Bunkamura
企画・製作	Bunkamura

あとがき

ながく演劇をつづけていれば、こんなこともあるのかと深い感慨にひたる私です。

私の蜷川幸雄体験は、一九七三年、新宿アートシアターにおける『盲導犬』にはじまります。当時、西武池袋線中村橋の学生アパートに住んでいた私。上智大学に通っていた鈴木くんという友人と二人で、これを観にいき「なんかすごかったね」と深夜の喫茶店でお茶を飲みながら余韻にひたっていたことをおぼえています。鈴木くんは劇の解釈に余念がなく、私は、うん、うん、とうなずくばかりで、その頃から私は自分がモノゴトを律儀に解釈する人間ではないことをうすうす勘づいておりました。

自ら戯曲を書くようになってからも折りにふれて思うのはこのことです。まあ言うなればその性癖を正当化すべく、自分も解釈出来ないものを書こうとしている……そんな気がしています。解釈し、解釈されて、〝終わり〟がくることへの失望が、私に〝書いてどこかへ行く〟ことをすすめている、と言えばいいでしょうか。自分なりのヒューマニズムだと思っています。なにしろ、失望したくないのですから。

そしてふと、蜷川さんの言葉に思いをはせるのです。壁とドアと椅子にかこまれた室内劇などやりたくない……言い方は正確ではありませんが、イギリスでH・ピンターを演出する気はないのかと聞かれての発言らしいです。そう、この言葉は、蜷川さんの、人間に対する失望を意味しているのではあるまいか。実はこの私こそ、まさにその室内劇を多く書いてきた者なのです。イギリスで、あなたの戯曲はピンターに似ているとさえ言われたことがあります。とすれば、互いに互いの失望から逃れるために、全くちがった方法で演劇とかかわってきたのにちがいありません。先に言った〝深い感慨〟とは他でもない、ここに起因しています。むろん、あの新宿アートシアターの一観客で演劇をつづけるつもりなど全くなかった私が、その時の演出家と一緒に仕事をすることになろうとは、という感慨も含まれてはいますが。

蜷川さんの失望、そして私の失望、その質のちがいをさぐり、照らし合わせることが、この『シブヤから遠く離れて』を書く作業であったとも言えるでしょう。失望の質への考察はさておくとして、おそらくここには演劇の可能性が隠されていることを私は感じています。憶する転校生が背中を押され、「さあ、あの席にすわって」と言われているような心境です。まわりには私の知らない失望を抱えた人たちが席についている。背中を押した担任の先生を振りむけば、それも蜷川さんの顔をしている……といったところでしょうか。

最後に、売れない戯曲をこうして出版してくださるポット出版の沢辺均氏に感謝の意を表します。さらに売れない戯曲のために奔走してくださったポット出版の岡田圭介さん、ありがとうございました。

二〇〇四年三月

岩松　了

岩松　了（いわまつ・りょう）
劇作家、演出家、俳優。1952年長崎県生まれ。自由劇場、東京乾電池を経て現在は「竹中直人の会」「岩松了プロデュース公演」などで活動。1989年『蒲団と達磨』で岸田國士戯曲賞、1994年『こわれゆく男』『鳩を飼う姉妹』で紀伊國屋演劇賞個人賞、1998年「テレビデイズ」で読売文学賞。映画『東京日和』で日本アカデミー賞優秀脚本賞を受賞。初の小説『五番寺の滝』を書き下ろす。1999年、初のエッセイ集『食卓で会いましょう』をまとめる。

書名——— シブヤから遠く離れて
著者——— 岩松 了
編集——— 沢辺 均（kin@pot.co.jp）／岡田圭介（ok@pot.co.jp）
デザイン—— 沢辺 均／齊藤 美紀（saito@pot.co.jp）
発行——— 2004年3月15日［第一版第一刷］
2004年3月25日［第一版第二刷］
定価——— 2000円＋税
発行所—— ポット出版
150-0001 東京都渋谷区神宮前2-33-18#303
電話 03-3478-1774 ファックス 03-3402-5558
ウェブサイト http://www.pot.co.jp/
電子メールアドレス books@pot.co.jp
郵便振替口座 00110-7-21168 ポット出版
印刷・製本— 株式会社シナノ
ISBN4-939015-62-9 C0093

Shibuya kara toku hanarete
by IWAMATSU Ryo
Editor:
SAWABE,Kin(kin@pot.co.jp)
OKADA, Keisuke(ok@pot.co.jp)
Designer:
SAWABE, Kin
MINORI, Saito(saito@pot.co.jp)

First published in
Tokyo Japan, March 15, 2004
by Pot Pub. Co. Ltd

#303 2-33-18 Jingumae Shibuya-ku
Tokyo, 150-0001 JAPAN
E-Mail: books@pot.co.jp
http://www.pot.co.jp/
Postal transfer: 00110-7-21168
ISBN4-939015-62-9 C0093

【書誌情報】
書籍DB●刊行情報
1 データ区分——1
2 ISBN——4-939015-62-9
3 分類コード——0093
4 書名——シブヤから遠く離れて
5 書名ヨミ——シブヤカラトオクハナレテ
13 著者名1——岩松 了
14 種類1——著
15 著者名1読み——イワマツ リョウ
22 出版年月——200403
23 書店発売日——20040315
24 判型——四六判
25 ページ数——176
27 本体価格——2000
33 出版者——ポット出版
39 取引コード——3795

本文●ラフクリーム琥珀 四六判・71.55kg（0.130）／スミ（マットインク） 見返し●回生GA 墨鼠・四六判Y・800kg
表紙●フルーブ ホワイト・四六判・Y・90kg
カバー●フルーブ ホワイト・四六判・Y・90kg／スミ（マットインク）＋TOYO 0030［赤色］／グロスニス挽き
帯●フルーブ ホワイト・四六判・Y・90kg／スミ（マットインク）＋TOYO 0030［赤色］／グロスニス挽き
使用書体●本文 游明朝体02 OTF R＋PGaramond
●ヒラギノ明朝 W3 ヒラギノ角ゴPro W6 游築初号ゴチックかなW7 游築見出し明朝 ゴシックMB101 B
PFrutiger, PGaramond,Goudy 2004-0102-3.0（4.5）

戯曲

水の戯れ

著●岩松了

日がな一日ミシンをふみ、 仕立屋を営む中年の独身男。 男は、 死んだ弟の妻だった女性に思いをよせる。 仕立屋の恋はどうなるのか。 竹中直人、 樋口可南子主演で好評をよんだ 「竹中直人の会」 第七回公演 (1998) 脚本の単行本化。

2000.05発行／定価●2,000円+税／ ISBN4-939015-26-2 C0093 ／四六判／ 168頁／上製

エッセイ

食卓で会いましょう

著●岩松了

「竹中直人の会」 でもおなじみの、 劇作家、 演出家、 そしてヘビースモーカー、 岩松了のはじめてのエッセイ集。 パチンコ屋の隣の喫茶店で、 タバコの煙をくゆらせながら生み出された傑作嘘話の数々。

1999.10発行／定価●1,900円+税／ ISBN4-939015-22-X C0095 ／ A5変型判／ 272頁／並製

戯曲

傘とサンダル

著●岩松了

砂に半分埋もれかけたかのような別荘 「万砂楼」。 そのラウンジに集う男と女。 それぞれにそれぞれが言葉を紡ぎきれぬまま、 出入りをくり返していく。 夕陽が沈むまで、 あと一時間……。 第五回岩松了プロデュース公演脚本の単行本化。

1998.07発行／定価●1,600円+税／ ISBN4-939015-13-0 C0093 ／四六判／ 168頁／上製

戯曲

隠れる女

劇場公演中限定版 【残部僅少】

著●岩松了

母と息子だけの冬の山荘。吹雪の中を訪ねてくる不動産屋。そして1人の若い女。事故が、というのだが……。小泉今日子、岸田今日子が出演した「竹中直人の会」第八回公演『隠れる女』の脚本。

2001.12発行／定価●1,500円＋税／ISBN4-939015-30-0 C0093 ／四六判／178頁／並製

戯曲

夏ホテル

著●岩松了

3年に一度開催されるマジックの世界大会を前に、南ドイツのバーデンヴァイラーに滞在していたノグチ。しかし、長年、彼のダミーをつとめていた男が、日本を離れられないと連絡してきたために、一行はドイツで、ノグチのダミーとなるべき男を 探さなくてはならなくなって…。松本幸四郎率いる演劇企画集団『シアターナインス』第4回公演、「夏ホテル」の脚本を単行本化。

2003.09発行／定価●2,000円＋税／ISBN4-939015-53-X C0093 ／四六判／192頁／上製

●全国の書店で購入・注文いただけます。